配音

林妏霜

吹き替え

目次

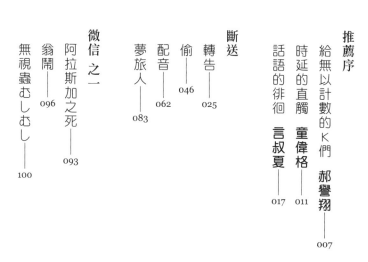

微信 之二

〔推薦序〕

給無以計數的K們

郝譽翔

記憶中，妏霜總是安靜的，低垂著一頭黑髮，坐在教室的眾多同學之間，彷彿不想引起別人過多的注意。

然而你卻不可能不記住她。只要是看過她的考卷，或是報告作業，她娟秀但有力的字跡，以及她層次豐富又清晰的論述觀點，都讓人在在感覺到，她必然是一個有想法、有主張的女子。在她內斂的神情之下，必然隱藏著一座不輕易被人窺知的深淵。

後來我終於有機會讀到了她的創作，那是遠比起論文或是考卷，都還要更貼近她心底的真實聲音，我才知道她是一個天生的創作者。她對於文字的敏感、細緻的思辨，以及我覺得身為一個創作者最為可貴的，便是對於真誠的要求，那是一種誠實，一種信仰，一種堅決抵抗世故與墮落的純真，一種人格之中最美好的質地，都使得她作品的字裡行間中，在在地散發出迷人的抒情氣質，讓人一眼就能辨識出來，這就是唯她所獨有而他人模仿不來的風格。

而這種人格的美好質地，也唯有透過文學創作才能顯現，論文不能，甚至一切用文字寫成的非文學作品（如新聞報導）皆不能。

《配音》是妏霜潛藏了多年的第一本創作。書中收錄有小說，也有極短的散文，近乎隨筆，體例看似不一，但我卻不以為如此，相反地，《配音》整本書的統一性竟是極高，它的語調統一，風格統一，而探究的主題也統一。所以我更傾向把它視為一部完整的作品，而無須拘泥於文類的區分。《配音》這本書展現妏霜對於創作的基本關懷，展現了她如何看待語言與書寫這一回事？而人我之間的溝通是否可能？乃至於如何以文字深入生命幽暗之處的最底層，於創傷之中撥動那些尖銳的刺。

妏霜雖然如此擅長文字書寫，但她對語言卻抱持不信任態度，〈轉告〉中的通訊工具，乃至〈配音〉中的配音員K，皆點出了語言不過是我們的假面罷了。〈配音〉中她通過K說道：「配音的工作讓K可以把自己藏得好好的。她豐沛的感情只存在於別的創作者那些想像的虛構的世界裡，她自己則與現實裡的事物幾乎無涉。她覺得自己只是個穿著衣服的隱形人。現實裡她能不說話就不說。」

現實中嘈嘈切切的話語都是沒有意義的噪音，除了創作之外。也正因為對於語言文字懷有如此高度的自覺，甚至潔癖，妏霜《配音》文字的精鍊和留白，在年輕一輩的創作者之中相當罕見。而她所欲對話的對象，也非關現實生活，而是更為形而上的生命本質，關乎人的孤獨、疏離、死亡、樂園的必然失去，乃至一異鄉人的永遠流浪，無家可歸的悲劇處境。〈配音〉中的K，無異是卡夫卡小說中永遠的主人翁K的化身，她喃喃誦道：「（也許死亡永遠是生命最好的解答？）」而死亡的陰影幢幢，貫穿全書彷彿無所不在、反覆重現的頑固低音。

妏霜其實並沒有說明這些人物內在創傷的由來，或者是說了，但仍被她以節制的筆法，壓抑成為一隱約而曖昧的模糊背景，是分崩離析的家？孤獨的母親？或是消失的父親？或許，這些會是她將來作品的主題，但卻不是現在，在《配音》之中她寧可選擇欲言又止，而給予讀者莫大的想像空間，關於那些損害者的，以及被損害者的一切，而在敘事斷裂的縫隙之中，有更多的黑暗湧出，無聲無息的哭泣，與耳語。

妏霜以節制的筆法，或是一種對於文字，乃至於抒情的高度潔癖，不欲誇張渲染，情溢乎辭，因為這世界已經太過喧譁，所以我們都該「（安靜，安靜，閉嘴不要再叫！）」進而造就了這一部看似小說，或是散文，但其實本質更應該是屬於詩的作品。而妏霜也似乎刻意模糊文類，她不斷地置入了電影的典故——楚浮《夏日之戀》、岩井俊二《夢旅人》、克勞德．雷路許《偶然與巧合》、安哲羅普洛斯《鸛鳥踟躕》，乃至文學家如翁鬧、卡繆、托爾斯泰等等，而無一不是藝術的善感的心靈，無一不是死亡，無一不是愛。

也正因為對愛與生與死太過敏感，所以注定要被放逐而受苦。正如妏霜在〈一語成讖〉中所云：「在寫作的軌道裡，因著世上的惡俗與對生活的無用給擠逼出去，傷害如麻，萬年飄移。」而如此善感的心靈，以至於每一分、每一秒都要比別人更花上千百倍力氣去深刻地存活，對於凡俗之人而言，這彷佛是一種命運的詛咒，但對於創作者而言，卻又何嘗不是上帝獨一無二的賜福？

於是妏霜不只是用文字，而是用自己的生命在寫作了，是犧牲，是奉獻，是今生來到此世必修的文字功課，但更是撫慰與分享，給那些默默隱藏在世上各個角落之中，瘖啞而失語的，無以計數的K們。

〔推薦序〕

時延的直觸

童偉格

即便如此，她希望自己還是個誠實女子；希望她所觸動他人內心情感的，並非她將自己的人生細節說得多麼透澈，多麼有邏輯，像精細的小說情節，或是堅不可摧的藝術品；而是那些曾經最接近她深點，最本色的，有漏洞又矛盾的非編排非理性的告白。雖然她相信，最深的情感是不知如何言說也無可言說的。

——林妏霜，〈別一種人〉

林妏霜的《配音》，很像是以一部小說集，藏存了一部散文集：首尾的「斷送」與「空椅」兩卷所收錄的七篇作品，屬於前者；中間「微信之一」與「微信之二」裡的篇章，則應屬後者。有趣的是，這些就體裁論，應歸類為散文的篇章，反覆表達了作者對小說之虛構性的明確拒絕，而我猜想，這或能作為我們觀察《配音》書寫的起點。舉例說明，如前述引文裡的「她」，對個人書寫的審酌，與自我期許：在回省了「充斥著同樣的多餘與重複，時間的延遲，說不來的那些話，下不了筆的書寫」，及「記憶的斷層與漏洞」，如斯一段生命期程後，這位「獨愛為時已晚的缺憾之美」的書寫者，立意尋索一種可能「誠實」地，直觸那「最本色」之「無可言說」的矛盾話語。

這個尋索意圖，或許，正是林妏霜以「配音」一詞，命名這部作品集的核心因由：她琢磨著能否，代個人記憶中，那必然「無可言說」的體驗，發出一種適宜的「告白」之音。《配音》書寫，由此開展一種張力：一方面，作者期盼以直述本衷的書寫，抵禦書寫的虛構性；另一方面，她是以退讓代言，還就了深刻本衷，本質上的無可直述。可以預期，這針對矛盾話語的定向尋索所成就的，恐怕不免，將是言說主體的反覆自我拆解。因深切看來，當一切情節織理，與主題編成等書寫技術考量，對一位書寫者而言，皆都必見其偽時，她唯能做的，是以言說的斷片樣態，比擬體驗自身，如實且仍然的碎裂、微細，與無可恆定。對書寫者而言，這極可能，會是「誠實」一詞的銳利面：「她」重視的是，生命本然，有其難能化入完熟藝術品的顛簸。

所有那些，無可宏觀的意義。就此而言，《配音》裡，「微信」兩卷側重演繹的，正是一種著意逆向的微觀。一方面，這些反覆重返的「她」，各自思辨過往既遂文本，或已逝敘事；在此，「過往」被預擬為是某種「病體」，由「她」，在每回細節檢視中代尋定義。另一方面，這種仿擬直觸的言說行動，所一時結成的，無非正是觀察的時延。簡單說：所有「她」檢索的既遂與已逝，自身即已是時差產物，如〈錄影帶時光〉：「她」一再倒帶，獨自重看的影像，是某種「延遲過期的後製品」，遷延自電影院線片；然而，即便是眾人同觀的電影自身，無疑亦僅是某種「後製品」，事實上，在那面閃爍銀幕背後，是更龐然的所謂「真實」。

這是「她」們，所一致置身的時延：能實然抵達的，無非是那些能被應許為遲到的。於是可想像，鏡像對照，這位獨自檢視的「她」，真確亦是時差後的再製：一種必然遲發的言說行動，終將倒穿時光而來，換取了曾在場的「她」。這可能，即是林妏霜個人理想中，所謂書寫者「最終的言語和姿態」。也於是，在此書寫想像下，就此遺動多重時延，所創造的一次性對面直觸而言，或許果真，「意義」最適宜是一種微物之神。

這是《配音》書寫的核心悖義：在此，作者用以抵禦書寫之虛構技藝的，正是書寫自身的虛構結成；而所有一再拆解的言說主體，具證了一位言說主體的隱然成形——理想中，對這位有能遺動時延的言說者而言，所有言說，當然，都應是最終言說。

理論上，亦是對「最終」話語的尋索，而非生命期程自身，使這位書寫者，預老於「她」將要啟始的一切言說。這是說：生命期程，亦可能，更多地由「她」感知為微物的無盡已遂，於是，是在對無盡喪失的描述中，「她」自我界定出一個宏觀看來對他者無效，但對今昔之自我，同時有效的意義共鳴。如〈與世界為情敵〉裡，今之「她」，回溯那無人知曉的昔日之「她」，發現或許，一直以來，「她以偽裝的成人之姿捲入了佩索亞所說的『孩子式的孤獨』，她必須這樣解釋自己」。

是的，「必須這樣」。一方面，無盡的自我言詮或自懺，讓一種青春書寫，始終活絡而湧動。另一方面，如《惶然錄》所示，這種青春書寫成就的，卻可能是一種有力的躊躇：對無盡喪失的描述，事實上，不是為了悼亡，而是因不可能那樣明白地悼亡，以轉進自我，到下一期程；而非常可能，當今之「我」，指認昔之「我」的稚拙，必須如此，「我」對「我」而言，才同時既是「別一種人」，又是那同一位未被發現的孩子。簡單說來，這樣的青春書寫，純粹尋索的，是生命自身那不可能的漫無期程。生命那不可能的可能。或許在此，書寫者表明的「最終」斷言，即同時亦是最持恆的深望。最簡潔陳述，如〈神隱了少女〉結語，那不可能的如果：「如果」，「她們還願意，成為一名少女」。

自我的，艱難的復原。我猜想，或許真確正是由此深望，《配音》書寫，涉入更廣袤的虛構世界。小說話語的世界。於是某種意義，《配音》亦是以一部散文集，寄存了一部小說集：可喜的是，特別是「空椅」所收錄的篇章，特別是〈挪〉這篇佳構，對我而言，具體展現了一位書寫者，在上述書寫悖義中，個人的突圍與進境。

這些小說，重啟存身於那些散文篇章裡，那同一位「最終」言說主體的持恆關注：零餘人，或宏觀維度裡的「多餘之人」，「無效之人」。小說描摹的，是延異的「病體」直觸：往者，或者往事，已遂死亡框定存活的觀望者「她」，彷彿猶然微細即身，如今近在周遭，彷彿仍「輕輕點觸著她的肌膚，非常非常溫柔」。已遂死亡，如此既框定「她」，成為只待自身死亡到臨，以獨自確證終局的零餘人，卻也不無可能，如上述躊躇，對「她」而言，死亡更多地表達了，一切它總也無能那般強大，那般鉅細靡遺，去總體成就的覆滅。

死亡不能，或尚未覆滅的。《配音》的小說書寫，林妏霜的突圍，如此重賦這些零餘生者一種聲音。或許，對小說裡的「她」們而言，時延不為創造意義，而是意義自身，就是一種時延；而倘若唯有虛構，能造就時延，那麼當然，唯有虛構，可能真確地創生意義。而理想中，面向一切因不受觀望，無從記掛，而龐然地失義了的真實，林奴霜的代言與換取，也就同時，是一種對於真實，安靜的護藏了。

〔推薦序〕

話語的徘徊

言叔夏

我所認識的妏霜，是一個非常安靜的人。印象中她常紮著馬尾，穿淡顏色的衣服，清淺地坐在嘈雜的人群裡，沒有特別要讓流過的人擱淺下來探問的意思。石子是石子。河流是河流。即便如此，那也是許多年以前的印象了。整個二十世代裡，隱約聽過一些共同的友人提過，知道她畢業了，知道她得獎了，知道她默默轉到了哪裡工作，都是餘話。其實距離上次見面，已該是用十隻手指也數算不盡的年分了。拜網路科技之賜。多年以來，我好像始終和許多人維繫著網路線絡裡千絲萬縷的一縷關係。但有時我會想像，這和我幾乎相同年歲的雙魚座女子，離開家鄉，在同一個時代的同一座城市裡，做著些什麼呢？去年知道她在紀州庵工作，因為北京有個會議的緣故，她是聯繫人。幾封信件往返之間，我想起了研究所初期，邊工作邊修課的那段日子。晨間的打卡鐘滴答溜過。午後的日晷又來到了百葉窗前。辦公室日光燈管下低聲交談的聲音。是姿勢與聲帶都低得不能再低的體操練習罷。我想那或許是和這本書裡的所有敘事者「她」一樣：悠晃的女子在日常的工作場合與家屋間徘徊，懷著鉛錘般的心事。因那圓鈍狀的什物梗在咽喉，傾訴不出，也沒有談論的必要，因此就有了那種吞吐的細小哀鳴。午後三點鐘不成文的午茶時間，一個座位鼴鼠遁地倏忽空了。四周忽然靜了下來。夏日裡的空氣蒸騰氤氳。柏油馬路捲曲了起來。「她」去了哪裡了？只是一個恍惚的瞬間，那海市蜃樓般的道路與風景，就霧一樣地消失了。

我很年輕的時候，最常想的不是寫作，而是人與人之間的關係，人與自己的關係。在那所偏遠的小村大學裡，關係是第一義，描述這關係的寫作才是第二義。我所想像的那種關係，是類似人與人之間彼此物質般的質地，比如有些人摸起來是表面比較粗的一種紙，附有紋路，鉛筆打著打著就會躓跌。有些人聞著有種木質的氣息，實際湊近交談，那語言也帶著木頭的奇怪香氣。在第一義周旋打轉，發暈昏聵，寫作真是多麼後來的事，類似寒武紀。沒有語言的地方，要先用手指去指：啊。蜻蜓。羚羊。山。這是太陽或者風。還有無盡的海。花蓮的海。想必她也和我一樣看過的。初習寫作之時，一片蘆葦橫擋在水路之間。要你撥開層層的能指，抵達那草間縫隙裡發光的所指。迂迴。繞路。有時險峻宛在水中央。

水中央之地，或許佇立的也是話語的鬼魅？如同書裡眾多的「她」。我總有一個極不小說「專業讀者」的讀法，老覺得小說作者隱匿躲藏在「她」背後、線控木偶那樣地幫「她」走路、上班、租賃房子，和他人割裂涇渭分明。那條被跨越的界線是什麼？我隱然覺得那並不是虛構或真實這樣一拍兩瞪眼的事。而是那小說語言的行進本身，描圖紙一般地，既藏匿而又隱晦地透露出那作為「配音」的作者——因為「配音」，「我」可以暫時隱遁，如同鬼魂，在時差的推進與後退之中來去自如；「我」仿造「她」人的聲腔，說一個銘刻在「她」生命裡的故事。其中的代償是「我」的故事。「我」的意志。「我」將「我」的話語交還給話語。河流是河流。石子是石子。

這部小說的初稿，我是在初夏陰霾欲雨的午後讀著，感覺它也像是陰天的一部分。有厚重的雲層堆積。悶溼。潮熱。一整個下午都在等待雷響放行的積雨雲。直到黃昏過去，在初初暗下來的夜色裡，終於傾瀉下來。那雨的聲音由遠而近地，將整個黑色的夜晚，都緩慢地覆蓋了起來。它像小說裡等待著被敘說的那些結局，一再地在小說的上空盤桓、徘徊，愈趨膨大。而在故事結束的小說末尾、所有的字詞都戛然而止之際，終於在那「沒有字的地方」，嘩一聲地傾瀉而至。令人驚覺那些無聲竟才是暴雨，踐踏著整條泥濘的路一窟一窟地，書寫亦有它自己的行路難。

小說裡的聲腔亦有一種瘖啞。尋常城市裡的尋常女子。獨語似的徘徊。如同作者給我的印象。不說話的時候總多於說得多的時候。那經常讓我想起初次見到她的夜晚。其實她是中文系裡高我一屆的學姊。隱約記得那是家聚之類的場合。說是家聚，事實上只有我與她，與「家族」裡直屬的學姊而已。不知是誰說的——「啊我們大三以上的學長姊們，都已經轉系了喔。」這真像是一隊沙漠裡佚失了起源的駱駝隊伍。有種寥落，又奇怪地有了一種慶幸的感覺（而且我覺得她們亦是鬆一口氣似地）。我們三人，於是在那初初見面、難掩一抹尷尬，卻又不得不行進的晚餐裡，低著頭吃完了一頓飯。彼時低垂懸吊的燈火微微搖晃。說的什麼樣的話語，真真是完全不記得了。關於語言的本質，從來都是時間。是時間穿串那無有意義的話語，將它賦予重量。在時間的故事裡，語言祝福了語言自己。如同它那陰天午後的厚重質地，終究會在時差的攔砂壩裡，積累出自己的聲音。

祝福這些音軌。它們是它自己的河流與石子。

二〇一六年五月十日，於臺中

「未說出口的感覺最難忘。」

（Unspoken feelings are unforgettable.）

——安德烈・塔科夫斯基，《鄉愁》

斷送

轉告

你說：我愛你。
我說：等等。
我說：帶我走。
你說：走開。

——楚浮，《夏日之戀》

「您的狀態設為「顯示為離線」。您可以和聯絡人通訊，但對方將知道您只是顯示為離線。」

小木說：

原先是亮晃晃的戲院，客滿的人都在等待電影的開演。友人突然起身對我說：「我們先去洗手間，否則來不及。」我不知道，她的眼神彷彿傳達了什麼訊息，某種不安讓我想跟著她走出戲院。但座位上的黎拉住了我，他對我說：「別去吧，就快要開演了，你會錯失開頭。」友人已經推開了門在等我，於是我走了。當我和她走出戲院時，背後的燈光就突然熄滅了。從腦海裡揮去黎像小狗般的哀求眼神，我把他獨自留在黑暗之中。

燈一熄，黑暗空間裡的魍魎突地從牆壁、角落裡湧現，在戲院裡盤旋飛竄。奇怪的是人們並不驚動，只安安靜靜留在座位上。當我和友人再次回到戲院時，只一瞬間電影已落幕，仍舊是亮晃晃的，但那景象宛如戰爭紀錄片般可怕。座位上只剩下那些人被啃食過的斷肢殘骸。白骨蒼蒼，散落在紅色座椅上更顯得怵目驚心。友人與我皆無言以對。但我想起那時她適時地拉我離開，眼神彷彿事先知曉。為什麼不堅持也帶黎走呢？我突然惱怒了起來，也對我自己似乎察覺到即將發生某種事件的氣氛，卻將黎拋下感到悔恨。我以為那只是日常生活裡的某種異常情緒。就像平常一樣。我立刻搜尋黎的座位，沒有留下什物，找不到一絲絲他曾經存在的可能。但我仍覺得他早已離開這裡。他是那般聰明敏銳，他只是在考驗我……可是，那天我清清楚楚知道，往後後悔復後悔，活著或死去我是再也見不到這個人了……

那天我去參加某影展，又看了你和我曾一起看過的楚浮。那部電影的片頭文字才一跑完，坐在我身旁的女子就突然嚶嚶啜泣起來，那般景象使我回想起這個恐怖夢境，我跟著她的哭聲驚懼了起來，因此只看完開頭便匆匆離場。

英愛，你曾說，不要再等待，不要再去留戀已經從自己生命中消失的人。你見證的，我試著做到了。但，這是什麼意思？為什麼他仍像生命中殘存的幻影，仍然在這裡，時時刻刻影響我的真實生活？

「您離線時有立即訊息傳送給您。
依預設值，當您登入時會自動顯示您的離線訊息。
□以後不要再顯示這個訊息。」

英愛又收到小木傳來的訊息。每隔一段時間她就會從ＭＳＮ彼端訴說她的現況。在那些「你最近好嗎？」的問候中，英愛知道她仍舊與她的幻夢纏結一起。她沒有辦法要她回到真實。真實是什麼？她和這世界的其他人都是製造小木真實的人。如果真實是如此，那麼誰能夠躲避？現在小木仍覺得過往的那段年輕歲月才是最真實的生活。但她沒有辦法再看著小木的眼睛對她說話，她知道自己的話語對小木而言具有某種力量，支撐她繼續活在幻夢裡，所以她怎麼能告訴小木：我所說的一切都是謊言。

真相是：經過五年的空白與追索。我不願意你再見黎。

而現在小木和周遭友人的關係就像所使用的通訊工具和方式：明明在場卻掩飾了自己在場的所有可能。她可以選擇「線上」、「離開」、「忙碌」、「馬上回來」等等虛擬人生動態，但她卻最後總是選擇「顯示為離線」，假裝自己的不在場。她只讓想對話的人明白知道她「正在」隱藏自己的存在。然而，當通訊工具因為現代人複雜的人際關係而發展出更多功能時，小木對自己竟也成了現在這般無法直接說話的境地。只能在時間的縫隙裡透過遺留的訊息，讓彼此追索當時的想法。但也僅僅是遺留，和接收罷了。

她們都對對話感到害怕，猜測因對彼此過往的知曉，肩負著同樣回憶的重量而感到沉重。因此她們都小心翼翼地避開相關的話題，也許是體貼彼此已不再有年輕時那般氣力與同類意識，也許是怕這些已成往事的回憶再次被開封後，對於迴圈的情感已不再能夠理解因而感到生活的空虛和無力……

所有事情都已經改變了。那些在場與不在場。矛盾地，小木隱藏了自己的過往，就像她現在使用的新科技般在所有的關係裡隱藏自己，她的言語卻依然停留在過去，沒有改變。

只是無法對他人再直說。

⋆

英愛總認為小木愛上黎是種代償作用。就像小木之於她也是某種代償作用。

在遇見小木之前，對英愛而言一日與一日之間無所差別。他人的死亡已經在她面前預示，她只是一個等待與自己的死亡面對面的人。在這個世界上她是個多餘的人，錯誤而粗糙的複製品，她以為此生再無法與其他人有任何關聯，她已注定被生命簿裡的美好和希望除名。她被告知她的存在已經沒有任何意義，到底了，也夠了。姊姊已將她未來的生命軌道鋪設好，她不過就是重演姊姊的生命，以另一種更加隱匿，令人厭惡的方式。她這樣意識的沿襲姊姊的過往……

姊姊的不健康讓她彷彿與她交換了成長的順序，也替換了姊妹身分。她們雖然分住兩間房，但姊姊需要她的時候總會輕輕敲木板隔間，不用說出口，這是她們之間的暗語。姊姊很依賴她，她也覺得能被一個人這樣相信真好。但她的確曾因姊姊奪得父母大部分的愛和關注而在某些時候感到生命的不平，而後又會對這樣的不平感到羞愧。

姊姊在十六歲那年的死亡景象，在家中的每一塊平地突起障礙，讓家族裡餘下的成員一跌便折斷了舌頭。

她的生命如此短暫卻在每人心中響起雷聲，巨大到聽不見其他生者的需要和呼喊。大家在意識裡反覆推敲著：「如果能夠更……，或許可以……」而英愛和姊姊從小便相像相親，在姊姊死後，英愛仍等待著傾聽著每夜裡的輕敲，等待著她和姊姊之間的默契話語，於是幾次的錯覺讓她難過得哭了。她從父母不再正視她的面孔所接收的訊息：他們從她和姊姊相像的臉上看到生命的缺失；一份無法完成的責任。但這樣對死者的罪惡感卻讓他們不敢面對自己，也使得他們因此無法加倍關注她，他們後來只當她是隱形人。於是隱形人不說話不表達。

多年後她仍然無法細數生命中的任何細節。只要有人對她的表達感到質疑她便立刻讓話語從口中閃避跳過，因此她的文字或語言都讓人感到漏洞百出，她自覺無論任何形式上的表達只會與她的真實產生極大的空隙，增添人生的矯揉造作之感。所以矛盾地，她一方面渴望自己的內在風景被知曉，一方面卻絕口不談生命的任何細節。

所以她看見小木，心底總有一股難以壓抑的憤怒。她憑什麼？這麼天真這麼美麗；而她卻孤絕而醜陋。怎樣也無法磨平心底那銳利的憤怒。才發現原來，她不是一個在與不在都無所謂的人。不是槁木死灰。雖然她不開口表達但她心底仍有好多好多負面的情緒。那些圍繞在她身邊的人，父母和從前的朋友，並不試著理解她，卻因為她的不再表達，虛構捏造一些故事和原因，讓自己對她的冷淡感到好過一點。

而小木總說自己是個平凡的人，普通的雙薪家庭，普通的父母，獨生女。到目前沒有過悔恨但也沒有什麼值得驕傲的事情。她說她終其一生的願望不過在找尋一個能夠將她從枯燥生活裡拯救出來的人。

英愛好羨慕這樣的平凡。而小木則以為英愛是特別的。她隱約感覺英愛在底層的情感是直接而激越的，只是暫時掩抑著，有一種世事鍛鍊出來的頑固和堅韌。

她們倆人一熱一冷。小木性格天真，對事物散發情熱；英愛冷冽而憤世。

小木說話說個不停，好像每件東西都真有那麼大的樂趣；英愛安靜只喜歡聽。

因為兩人對彼此懷有莫名的想像與欣羨，於是，她們在生活裡相互接近。

*

關於黎的出現，英愛曾經以為他是同路人，不是滿身掛滿幸福牌子的人。其他人有對於他的各種想像，他們以為他如此頎長俊秀，如果他要玩弄世界世界必也會心甘情願讓他玩弄。這樣的憂傷男孩幾乎是所有少女心中最初的原型。他們如此想像他的十六歲：他所背負的已遠遠超過他所能背負的，是世界拚命要擊倒他，而他長期以幼孱的身體與之對抗，越發強壯。

他是否背負著什麼沒人知道，但他的確和英愛相同，死守著祕密，不肯向任何人示弱。他已經聰明世故到明白自己的情緒對他人只是不願意知曉的包袱，這樣的黎吸引小木的注意，她覺得他就是那個自己長久以來等待的人。

高二那年選組分班之後，許多和他一起分到八班的浪漫女孩，都以為有大好運氣才能夠是自己陪伴著其他女孩的幻夢。當時她們還未被現實生活裡的殘忍侵蝕，不知道幻夢是無秩序的，不屬於真實的，是青春沙漠裡的海市蜃樓。

總有女孩狂熱地愛著他，他有收不完的眼神和羞靦。但女孩們無法憎恨走在一起的他們三人，那個小木和英愛不屬於她們想像中的情敵，她們還不夠美麗不夠聰明，不足以與己匹敵。她們把敵意宣洩在自己虛構的，不存在的仇敵。於是在黎身邊任何一個愛慕著他的女孩，沒有一個人願意明明白白宣示自己的感情。於是他對愛情總是踟躕，他不知道這個世界誰最需要他的保護。他生命裡的傷害時刻他都可以堅強起來，唯有在這樣的關係裡他是軟弱的。

⋆

小木永遠記得她陪英愛去埋葬艾美的那一晚。有天夜裡英愛打電話給她，問她晚上有沒有空可不可以陪她一下子。她聽出英愛比平常更為冷靜的聲音，直覺有什麼事情已經發生。她夜裡十點瞞著已經入睡的父母悄悄溜出門，她們約在學校見面，她氣喘吁吁跑來然後看見英愛木然抱著紙箱蹲在門口。後來她們一起去看過的藝術電影，像安哲羅浦洛斯之類，只要有在一片霧中虛無漫步的人時，她就會想起當時的英愛，像霧中的風景。

「嗨！」英愛舉起手。

「箱子裡面是什麼？」

「艾美，我的狗。」她說。

那夜，她們將艾美埋在教室後方的花圃。英愛自己帶鏟子之類的工具，自己挖土自己埋葬。「小木只要在旁邊看著就好了。」「做見證。」英愛說。她說怕以後自己的記憶出錯，會忘記艾美埋在何處，「雖然這已經是最好的記憶地點。」她安安靜靜鏟土埋葬，那神情宛如她已做過千萬回。小木在旁不敢出聲，她多希望英愛能夠在她身邊哭泣一次。如果她能夠在她面前展現一次她的脆弱，也許會更深化她們之間的信任和感情吧。

但英愛沒掉一滴眼淚只是靜肅，好像小木真的只是個見證者，見證她所執行的真實發生了。而小木只感到凝重。似乎不為了死亡，為了某種說不出口的憐惜和哀傷。

回家途中，她看著英愛髒汙的手指，好幾次都想問：英愛，你的生命裡還要埋葬多少次心愛之物，才肯脆弱地掉一次眼淚？

⋆

關於父母的言語無能，英愛也曾努力地向他們表達過她的情感。她看著他們的臉卻說不出來，便想試著用行為表達。每天清晨她都會比母親更早起，在上學前準備好一家人的早餐才出門。她從不讓父母擔心她的課業，努力保持名列前茅。每回考試後的成績發放，她總是拿到成績單後便立刻放在父親桌上，她想讓他們驕傲她所能做到的事。她做了好多好多事，只為了換取一點點父母的關愛。

但他們只是做好分內的事：一起吃飯，洗了碗盤，看了文件，簽了名蓋了章，繳了學費。從不過問她在學校裡的生活，她的朋友如何，最近有沒有煩憂的事，以及她的未來。

她明白即使住在同一個屋簷下，留著同樣血液，稱為一家人，但是中間的距離還是怎麼努力也拉不近的。

有時候她會偷偷跑進姊姊的房間，對著兩人的合照說話。姊姊在大家的心裡占有好大的分量，她並不責怪姊姊，但她知道父母在死亡面前過於懦弱，他們無法向任何人表達他們對生命的膽怯。死亡的喧囂讓他們變得如此寂靜。

她不害怕死亡。但是她對於自己無用的努力已經感到疲倦。她告訴姊姊她覺得明確表達心底的情感是世界上最難的一件事，人類如果不互相交談的話，就真的永遠不能傳達，也不能明白對方的心意嗎？她不知道，她不要終其一生都無法傳達，但現在她只想放棄。

說什麼都已經無法宣洩他們曾失去所愛之人的悲傷，說什麼都無法好好表達這樣的悲傷。語言已無濟於事，生命已無法完整。於是，對物事和感情不能直言的方式，漸漸成為這個家庭裡的每一位成員唯一能夠表達的表達方式。

而英愛想過：儘管不是她的錯，不知父母是否曾憎恨這個令他們半生無語的孩子？

＊

高一那年，那個聲音高亢美麗的男歌手永遠逝去了。學姊在午休廣播裡的歌曲由祈福轉為憑弔，教室裡一片訝異與死寂，大家還在震驚於事情的真實性時，只有小木立刻毫不猶豫接受了，她的淚滴滴答答地落在課桌上。她的感情總是這麼直接，簡簡單單便讓悲傷深入內裡。

但她這樣好輕易讓人覺得負罪。那些感情並不激烈的人，沒有落淚的人。看著她那樣，英愛只覺得好尷尬。

其後，黎已失去聯絡多年，她仍然守住這樣的質素，也因此更難以擺脫那樣天真的情熱與莫名持久的情愫。

在小木等待回音的那段時間，有人曾告訴英愛，小木與她越發相似。

英愛想，她們的性格明明如此相反呀。或許是表達對象的失去令小木的言語無力，失去了投射物後，使得她漸漸像自己：好像言說任何話語都只為了表達某種痛楚。所以她變得不願意表達了。

但小木後來學了好多語言，所以英愛和她便常常一起去看外國電影。「練習發音。」她說。她以為小木的熱情將會移轉到別種事物上，忘卻那段她已經想忘記的青春過往。但從某個時刻開始，英愛有一種感覺：小木已經不是她所認識的小木，當她面對著她說話時，總有某種厚重的隔閡感，彷彿她正在說的是陌生的他地語言，她不能直接翻譯而後理解。她無法再揣度小木的真正心意。

她想，小木也許察覺兩人間不像過往般心靈相通，漸漸地，在MSN上延擱的文字便成為兩人互相溝通的方式，小木覺得表達自己的最好方式。雖然兩人的言語時間已不盡相同，但這麼有效快速的通訊工具，小木竟能以此製造如此的時間差。長久長久英愛都不知道她是否該乾脆丟棄這樣的溝通方式或是放棄這樣似乎已然歪斜的友誼。她的人生已經夠多夠多的轉手言語。為什麼身邊的每一個人都只能透過其他的厚重物事傳達內心的情感。又不是什麼水中傳話的遊戲。

但，她的負罪感拍拍她的肩膀告訴她現在輪到你猜。所以她只能看著他人言語在彼處聽不清地一張一闔。

「歡迎使用離線訊息功能！
若您傳送給已離線的聯絡人，當聯絡人下次登入時將會收到您的訊息。」

英愛 說：

你忘記他好不好？

英愛曾經覺得三個人在一起也很快樂。高中後兩年對他們三人而言都是段美麗時光。儘管處於升學的壓力下，但青春的喧鬧和憤世都是被允許的。英愛曾經發誓要像銘印般記得那段回憶的，她再也沒有那般快樂過。

他們曾是三個獨立但友誼深厚的個體。但從她知道小木心裡對黎的想法之後，快樂便有點變質。小木總在期待黎能夠盡快對她展露真正的情感。漸漸地，英愛心裡有點害怕，關於愛，黎也許有一天會真的對小木說出口。她也知道在愛情關係裡只需要兩個相愛的人。那麼她呢？她將成為一個無法介入的旁觀者，不相關的，不必要存在於每段愛情裡的無用之人。她該怎麼辦？她也知道自己不能永遠和小木在一起，但她現在已經習慣身邊有她。

她也覺得小木越發奇怪。如果她真的喜歡上黎，為什麼不直接表達自己對他的情感，而要利用一些轉手的言語來暗示自己正在期待黎的告白？她後來甚至拜託英愛能不能幫她試探黎的心意，問問他到底對自己有什麼感覺。她總是回絕這樣的提議，她說沒有辦法她做不來。要嘛就是直接問他，但小木不敢，所以後來也不再要求英愛替她探探黎的口風。

到後來英愛明白了自己的一段愛情關係之後，她才明白為什麼當初小木無法直接傳達她的愛意。但這樣的明白已經是很久之後的事了。

*

如今英愛已經長成一個成熟的大人，但還是會在某些時刻懷念起那些原初的美好；雖然有些美好總同時帶著傷害。童年往事並不跟著被淡忘。她覺得她的童年好長好長，長得快要度不過去。這輩子真正令她痛徹心扉的，還是孩童時期原初的那些痛楚。其他的都僅僅是那些複雜童年的後遺症而已。

她也記得她唯一養過的狗，就埋在學校的花圃裡。從艾美生病將死的那天，她就不停地給自己心理建設，她已經學到：死亡存在在所有生物的軀體中，總有一天會像現在這樣以某種形式展現的。如同姊姊的死亡一樣。但每天放學回來第一件事她還是看看牠是否仍活動著存在著，在預知的死亡面前她所能做的便是每天每天陪伴牠安撫牠。艾美死的那天仍是她第一個發現，她已經習慣經過牠的小窩便看看牠好不好。那天她發現艾美睡在水泥地上就察覺不對。她伸手一摸已經是冷的，硬的。就像她偷偷摸過的姊姊。第一次觸碰就這樣一瞬間接受了。和小木去埋葬艾美那天，她覺得她這輩子不能再失去任何所愛的。雖然曾咬著牙暗暗發誓要撐過去的，但當時她真的有一種感覺：她一個人絕對絕對活不下去。

*

小木不是不曾對自己拚命追尋黎的幻影感到厭煩。但是那個美好的初戀她實在無法輕易忘記。尤其是黎明明說過，就算分開之後他們還是會再聯繫，不會就此斷了這段關係的。她也不相信在這樣資訊發達的時代，會和一個人就此斷了關係。她有龐大的網絡：網際網路、手機通訊還有人際關係，一個人是再怎樣也無法消失得無影無蹤的。

但黎確確實實在畢業之後便失去了聯絡，像鬼魂一樣再也找不到行蹤。信件不回，手機停話，唯一仍和她保持聯繫的英愛也說不知道。她那時開始了有關他去處的各種想像。她覺得他或許已經死了，網路上才會只能搜尋他到高中畢業為止的各種訊息。黎的名字雖然不特別，但她相信自己仍然可以在上百筆資料中過濾出真正屬於他存在的痕跡。

每天上網搜尋都沒有其他更新的資料，所以她開始留意報紙上那些死亡的消息。她知道自己蠢笨傻，但她已經習慣了這樣的生活。離開了青春美好的時期之後，她的生活益發枯燥。和英愛不在同一間大學，畢業之後也在不同行業上班。雖然認識了一些人，但都僅是一些點頭之交、無趣的人。她還是覺得只有黎和英愛在她的生活裡才是特別的。

英愛常常勸她忘記。她說已經過了幾年之久。「找到又能怎樣呢？」「是他先斷了訊息的難道你還冀望他會跟你聯絡嗎？」

她好幾次試著忘記，但她心裡還是有一股莫名衝動。或許找尋黎的訊息已經成為她的反射意識，只要上網了她便忍不住打打他的名字，點點一些可能的訊息。看著他的名字她已經很久很久沒想到愛這個字。黎從來沒說過喜歡她。或許她就是對自己也從未對他表達當時的愛情感到後悔不已。雖然現在她已不知道自己為何如此執著，但她還是不甘心這段關係結束得如此奇怪，像她人生初次遇見的斷軌。

所以五年了，她還是期待她的人生軌道就此精采起來。

＊

五年前的英愛正握著手機，猶豫著該不該撥鍵，那幾個數字對她而言就好像引爆炸彈之類的引信。

她覺得自己像是童話世界裡的每一把匕首，足以毀掉每一位主人翁美好的未來。可是，為什麼她不能當一次主人翁呢？這是她自己的人生呀。

她看著桌鐘漸漸地將要走到十二點。她還是猶豫著，按在鍵上的拇指已凍得僵硬。她心裡突然好氣黎，為什麼要替愛情劃下期限呢？為什麼是她？他們之間不能有更單純的可能嗎？

聖誕節那天她收到黎的卡片。原先是一些恭賀她考上大學之類，像平常的寒暄。但結尾他卻對她表達了感情。

他說喜歡她，如果她願意和他交往的話，就在一月一日那天回覆他，當做兩人新的開始。如果在那天沒接到她電話，那麼他就明白了她的心意，他將永遠消失在她的生活中，不再煩擾她。

看著那樣的文字，她著實驚動了起來，覺得小木應得的愛情莫名轉移到她身上來。原來感情這麼通俗劇。她只有一堆的問號：為什麼是我？為什麼之前不說？此刻的她是否準備好接受這段感情？……她該不該告訴小木？

小木。小木。她想起和小木在一起時那些快樂的時刻；她想起小木美麗的臉；小木溫暖的手，她想就這樣永遠握住的手。她湧起一股很想哭泣的情緒，是從失去姊姊和艾美之後從未有過的。她突然很想見到小木，很想告訴她自己想念她了……

她最後還是沒撥電話。黎就此從她們的世界消失得無影無蹤。

＊

小木沒有回應她上次留的訊息。她想給小木打電話，表達一些什麼。但她手機蓋開了又闔上，闔上又打開。現在的她連碰觸那些數字的勇氣都沒有。

她想想還是給她寫信好了。小木不喜歡開電郵，所以她用Word檔打一封文字信。當手指在電腦鍵盤上琢磨著時，她想起了五年前黎的那封告白信，他的字，還有那些塗改的痕跡。她再也沒碰過其他人用這樣真誠的文字對她傳達感情，她也突然明白了為什麼有些話人們就是無法直說，需要用其他方式和工具轉達再轉達。

她決定要告訴小木，她不要再用這種方式跟她說話，她已經不能再繼續下去了。她怕手機無法明確傳達，又怕手寫信會洩漏太多她的感情。於是用硬邦邦的體例，寫硬邦邦的文字。

她知道，小木星期一上班時間會固定在ＭＳＮ上，和同事聊一些工作上的事。她一上線果然看到小木在上線名單裡。她把檔案傳給小木，確定她收到信後，立即離線，然後把她的帳號刪除，封鎖。她再也不能見小木，再也見不到小木了……

她總是在某些時候想起電視劇裡那些角色們說的一句話：請轉告某某人。

在生活裡也顯得不重要的一句話，但她卻莫名記在心底。她總揣測在場與不在場那些人的親密與距離程度；那些關係的微妙，為什麼需要透過另一個人，另一種話語「轉告」自己的心思？選擇轉告而不直說的話語代表不重要嗎？這樣的方式又能夠明確傳達自己想要說出口的話嗎？

而那些英愛面對面說不出口也傳達不了的話語，那些傳送與接收之間的裂縫該如何填補？這一生又有誰能夠替她轉告呢？如果可以，她想要轉告世界不要這樣不公平，不要輕易奪走她所愛的生命；轉告父母能不能像姊姊一樣也愛她；轉告黎不能接受他的感情對不起；轉告小木她對她曾有過的愛情……

「英愛 傳送檔案：給小木的信.doc（23.5KB）」

小木：

有一件事我一直沒告訴你……其實，我幾天前見到了黎。你先不要生氣，我沒告訴你的原因是，他已經不是我們想像的黎了，他改變了，變了好多好多，變得我都不敢確定是他。我和他擦肩而過，他沒認出我來，我想他已經不再記得我們了。所以小木，你忘記他吧。

「給小木的信.doc（23.5KB）
接受（Alt＋C），另存新檔（Alt＋S），拒絕（Alt＋D）」

正在傳遞中……

您已經成功地從 英愛 收到訊息。

偷

她覺得這世上最弔詭的犯罪形式，莫過於日本武士切腹儀式中的介錯（かいしゃく）。在武士神聖化的自死過程中，由他所尊敬、所信任或所愛的人持長刀站在他身後，確認他將利刃橫切腹部拉至左胸後，為了維持他的尊嚴（忍受不住強烈苦痛而涕泗縱橫），將長刀往他的頸脖抹去，成為他捨去生命的最後見證與執行者。

她疑惑在個人的生命背後到底還有怎樣重要的東西，能讓一個人成為這樣血淋淋場景的冷靜旁觀者，並且，加速他的自死行動。

其後，每當她偶遇男人在她面前哭泣，如同切腹者痛苦地展示自己的靈魂時，她總會召喚出這樣分不清是殺人還是救人，想像中介錯者似笑非笑的特寫表情。

這成為她心裡最隱晦恐怖的犯罪場景。

像現在，她感覺有個人就站在她身旁。她看出那男人過於小心翼翼的態度，不像一般為了遲到的晚餐或無聊閒逛的人們，他不專注在挑選商品上。順著他的目光看過去，在超商的貨架與貨架間，有一位大約是高中生年紀的女孩。女孩正盯著一項商品發獃，也是異常的認真。而他就是直直看著她。做為這樣戲劇性景觀的觀看者，她實在是不得不期待他們的下一個動作，只好裝作若無其事，到處摸摸碰碰地等著。突地那女孩將貨架上的商品放進自己的口袋，那手勢就像梳子梳頭一樣自然。看不出渴望膽怯或是其他情感，她面無表情地走出超商。接著那男人也動了，他跟隨在女孩背後，拿了一樣的商品到櫃檯結帳，快速地走出去。她的眼睛沒有離開過那兩人，她把身體移到門口的雜誌區以便看得清楚。女孩看來完全不知道有個人就跟在她身後，她走沒幾步停下來，直率地把口袋裡的東西扔進垃圾桶，不留戀地向前走了。男人跟在身後，經過了垃圾桶，停下，把手伸進去摸索，拿出女孩丟棄的東西，然後把臉埋在手裡，放聲哭了。

像是跟男人之間的默契，她沒有再看下去，買了一個便當，就走了。

回到住所打開門，映入眼前的事使她迅速看了一下手裡的鑰匙，覺得自己開啟了藍鬍子那道嚴聲禁止的好奇之門。拉開的抽屜，翻倒的桌椅，四散的衣物，內衣被丟在沙發上，這件，那件，所有一切都離開了它原有的位置。她的屋子變成了一片強烈颱風過境後的菜園。很快地她就意識到怎麼一回事，所以她也下了一般人該有的判斷。送走警察後，她就一直惴惴不安。她把所有的東西各歸其位，這件，那件，好多件她以為早就不見的東西都在此時出現。她自認為不是一個邋遢的女人，太多東西只是因為再也沒渴望過就安安靜靜被置放在記憶的角落了，此時僅需要重新再給它們一個位置。但，一邊收拾混亂的現場，一邊她的腦袋卻更形混亂了，因為她實在是怎麼想也想不出來，自己到底丟了什麼東西？

想不出來。不是錢或什麼貴重的，以龐大的金額或龐大的體積存在的物品。那就沒辦法說損失慘重這樣的話。她又不能揣想對方宣告你已遭竊似的把她的屋子弄得一團糟，到底想要得到什麼？說不定，什麼都沒丟失，他只是攪動了它們的秩序，而這樣做又有什麼意義？丟了連自己都記不得的東西好像也喪失了嚴正指責對方的權利了。她並沒有氣憤到要對他丟石頭。可是，無論如何，她都想知道她要別人還來的是什麼。

什麼時候變成這樣對任何物事的感知都顯得模模糊糊的人呢？同事小麥常告誡她要睜開眼睛走路，之前不很明白是什麼意思，以為指的是她性格中漫不經心的態度。現在她更不好告訴小麥她的處境，說她被偷了而焦慮罪惡的卻是她。她把空鋁罐揑扁隨意往垃圾桶投擲。小麥笑罵，要回收啦。她只好聳聳肩表示無奈。

小麥不知道想什麼想得出神，吸得瓶底空氣嘎嘎響，每當這個時候她就覺得很空虛，她就坐在她身邊，目不轉睛地看著她，但她在自己的世界裡浮游以至於完全將她屏棄在外。她也有想要表達的欲望可是怎麼說也說不出口，就漸漸冷淡下來。這種對現實束手無策的想像，擴展成一種罪惡感，連結到她的父親，彷彿是關於生活的隱喻了。

果然還是跟父親有關的吧。那個敏感而脆弱以至於終日惶惶然的形象就會馬上跳出來。

敏感而脆弱，以至於終日惶惶然的父親。

其實，對於父親日漸的沉默她並非無知無覺，只是邁入青春期的她，因為課業與人際的挫敗，對語言的使用不再那麼信任，她找不到適當的語彙去表達她的想法。此時父親正好在職場上屢起屢仆，最後乾脆死心退下來回到自己的房子裡。少了父親的那一份薪資，家裡的生計也跟著艱難起來。母親不說，但她覺得母親的眼神像長出了一根食指，長長直直地延伸而去，隨時指著父親的鼻子：窩囊，廢人地戳點。但她從來不覺得他們的婚姻生活是她的責任，所以總是隻眼閉不去在意。

他們極少面對面交談。取而代之，父親把聲響弄得到處都是。

打電腦時指腹與塑膠表面敲擊噠噠噠；吃飯時溼溼舌頭舔舐口腔內膜如魚在岸上拍打；牙齒咀嚼牙齒、吞嚥；雙手皮屑相互摩擦；咕嚕夸啦。她以前沒注意過人類可以發出這麼大的聲音。一頓飯下來吃得都是吱吱喳喳的空氣聲。飯後大家一起看電視新聞，父親拿著遙控器在幾臺之間轉來轉去，每一則都被打斷，只留下不完整的碎語，像極了發聲練習。母親似乎比她更不耐，她正要對他說話，他卻側壓到按鍵，電視音量突然拔尖增大。她耳朵遮也沒遮從鼻子哼的一聲便站起轉身進入房間。她不知道父親有沒有聽清楚，她只看見畫面的色光射在他的臉上。遲疑了很久，她也慢慢地從父親身邊走開了。

而電視裡的聲音，越是聽不見就越是令人忍不住側耳傾聽。像同住的三個陌生人，將原本並不相互碰觸探涉的心事，惡意地，一點一滴地洩露出來。

就在那麼一天，母親與她的姊妹淘說長道短，她正好要從房間到客廳倒水，她不是第一次聽到母親表露她的不快，但對於父親的責難聽得她都尷尬起來。幸好父親不在家，似乎午飯後就出門了，因此母親才難得就在家裡放肆宣洩心中的言詞吧。

突地，她聽到父親從樓梯上下來的腳步，咚咚咚一聲聲走得她跟著心驚膽跳，估算再幾步就要經過她的房門到達客廳。她一想像父親當場看到這般情景家裡之後的氣氛會變成怎樣她就不敢再想，她不知道應該先去阻止毫不知情的母親，還是拖延父親走到客廳的時間，這對她一樣兩難。她記起更小的時候，每當父母激烈爭吵過後母親總會淚眼婆娑地抱著她問：你要跟爸爸還是媽媽？她厭倦這樣的問句厭倦這樣的選擇。她縮回自己的房間連晚飯都沒出來吃。她選擇不知道。

其後，也沒什麼異樣，吃飯時還是會三人圍著餐桌各吃各的，本來吃飯就不說話所以也沒刻意說些什麼。只是，父親開始在飯後騎著腳踏車出門，回來時總載著不知從何處撿來的木材，一片一片的堆在後院。再幾天，就看他柱柱片片拼湊起來，用他基礎的木工技巧，在樓梯下的那個廢棄空間，延伸建築起自己的房間來了。幾乎是幾天內的事，他完成自己的房間，搬進去，沒人敢問他什麼。

自從父親睡在那裡之後，她就再也沒走過那道樓梯。

母親上樓時總用力地踏著階梯。從他們的房間各自傳來窸窸窣窣的聲響，流竄在整棟屋子裡，最後像兩把利刃鑽進她的耳朵。

每次經過父親的房間去上廁所時，木材的空隙總會透出微弱的黃光，以及，日漸掩蓋不住的腥臊。

後來趁著考上外縣市的學校，她搬出去，沒必要不回家。

對她來說，家只是一窟黑漆漆的洞穴，不是什麼避風港。

離開家鄉。離開家鄉。原來，逃走的模樣，不過就是這樣。原來，從黯黑洞穴裡逃出來不代表迎面而來的，要有光，就有光。

搬到現在的住所才半年就遭了小偷，是不是暗示她的生活已經產生了令人容易看透的規律？準時上班，準時下班。電視送給上次幫忙搬家的學妹了，所以下班後連則新聞都沒得看。她不喜歡出門又沒其他娛樂，每天枯燥乏味地熬日子。她想起之前像逃跑一樣搬出來的住所，也不是鬧鬼抑或房租太貴，只是沒有辦法再心安理得地住下去了。

之前的住所由幾棟大樓群立成社區，安全而整齊，每個人都在一模一樣的方正格子裡生活。她住在較高的樓層，往窗外看的時候，可以從兩棟大樓的縫隙看見一點天空。她每天下班後的樂趣就是躲在窗簾後面偷看對面較低的樓層。與隔壁棟的距離近到別人正在看什麼節目都一清二楚，她時常藉由觀看無聲的影像（電影畫面和對方表情）猜測劇情的趣味與否。久而久之，她可以從家族成員的返家時間、衣著打扮推測他們的職業，甚至從幾塊活動場域的擺設和布置看出女主人的愛好。她的目光無礙地介入他們的生活，直到他們關上燈或拉上窗簾為止。

然而，有一戶特別吸引她的目光，和她一樣的單身上班族她猜。對方的生活形態總是保持著一種既慵懶又舒適的氛圍，那是她一直以來所渴望的。她的品味是她所欣賞的；她跟著她轉的節目她都覺得好看。每晚專心注視著她的窗格，聚焦在她身上，漸漸地，她的周遭也出現了汁渣分離果汁機、玻璃蠟燭檯、地中海風桌巾和白色絲質睡衣這些只為了製造氛圍卻不怎麼需要的物品。有一次，她看見她正在看的電影似曾相識，可是任她怎麼轉也轉不到出現的頻道。這時她已隱隱覺得不安。直到對方把影碟退出來，她才想起那是奇士勞斯基的《殺人影片》，她曾看過的，因為當中的罪行過於驚動觸痛她，短時間內不想再看一次的。怎麼會忘記了？她連自己的心理都忘記了，那她自己的人生哪裡去了？她快速地把電視機關上，把自己的窗簾拉緊，坐在沙發上抱腿發抖。直到找到現在的住所為止，她再也沒有拉開過窗簾。

她不想她的人生被堵住，口香糖黏著鞋底般不適，現在她決定列清單。列出她的所有物，希望能在被記得的物件縫隙間找到遺忘的那一塊。艱難地寫完一大張後，她暫時停下來了。

她在想，不知道連她的腦袋都一併偷走的竊賊現在在做什麼？也是過著日常生活吧？假定是位家庭男性，是否也在吃著妻子為他煮的豐盛料理，享受孩子對他叫喚的幾聲爸爸呢？他的家人知不知道他在外面做些什麼？還是他早就被宣告放棄？只好混雜在人群之中，從別人的口袋裡、包包裡、衣櫃裡拿到他想要的。可能是錢、珠寶、存摺這些一般人認為有價值而小心藏起的東西；或是女人隨意晾在陽臺的內衣褲。為了填飽肚子過生活或是滿足自己的心理想望。初始或許有些罪惡感吧，後來也許會懊惱沒拿到更好的或佩服起自己功夫的到家，每次都有不同的新鮮快感嗎？還是久而久之便無感無覺了？日復一日，重複若無其事，把自己偽裝起來生活。

她不知道自己可以揣測起竊賊的心理來了。其實她到現在連別人掉在地上的銅板都不敢撿。她把清單上隨意寫的父親兩字用兩條橫槓畫掉。

她也渴望過不屬於自己的東西。小學五年級的時候，坐她隔壁的阿聖帶漫畫月刊來學校炫耀。下課時大家圍著他央求，好像什麼稀世珍寶一樣，用掉好幾節下課時間他才答應。可是不准摸喔他說。大家擠擠挨挨在他身邊，一邊哈哈大笑一邊叫翻頁翻頁。她好想看，可是身體就是沒辦法跟著擠過去。放學了，她看到阿聖把漫畫整整齊齊壓在抽屜教科書下。人走光了，值日的她坐在位置上慢慢地整理書包，就在她想像的手幾乎要伸到隔壁的抽屜時，她聽到有人從窗口叫她。阿聖輕聲對她喊，喂快過來啦。心虛的緣故，她和他一起躲在靠近操場的窗口，打開小小的窗縫，將眼睛湊近盯著空蕩蕩的教室看。

就在學校打了第二個下課鐘後，她終於鼓起勇氣說，欸我想回家了。阿聖不耐煩地回她，噓小聲點再等一下啦。她不知道為什麼他一定要她作伴，她背起書包打算回家，卻被他一手抓回來。來了啦。她跟著把眼睛湊近。他說的來了指的是班上一個綽號小胖的胖男孩，他搖開走廊那邊的窗戶，艱難地爬進來。一開始就鎖定好目標似的，他走到他們的座位，蹲下，把漫畫小心翼翼地抽出來，攤在懷裡，打開教室後門走了。

事實上小胖偷東西已經不是第一次，之前他把布告欄上的獎狀偷回家，把受獎名字改成自己的，不過因為塗改得太粗糙太明顯，被他父親發現，帶他到學校向老師道歉。她剛好在教師辦公室搬作業，她看到他的父親一直說非常抱歉低頭請老師原諒，小胖站在旁邊一臉憤恨地瞪著他父親的脖子，老師則不能理解為何偷的是獎狀似的尷尬地笑。這件事只有她知道，老師誰也沒說，班上根本沒有人在意破爛布告欄上到底貼著幾張獎狀。阿聖笑嘻嘻地對她說，被我看到了齁，你也看到了吧。明、天、他、就、完、了。

她已經忘了阿聖「明天」對小胖做了什麼懲罰，可是「明天他就完了」這句話深刻地印在她的腦海裡。只要她不小心犯了錯，她就開始害怕「明天」會怎麼來。

父親也偷過東西的。

她大學有一年暑假因為宿舍強制關閉的原因，只好暫時搬回家。她跟父親一樣在家裡都待不住，整天往外跑。一天，她騎著腳踏車到處蹓躂，恰好看見父親坐在樹下，周圍圈著幾個人或坐或站。從人頭的空隙看進去，跟在家裡寡言的樣子完全不同，父親口若懸河且神情驕傲地說著話，周遭人聽得津津有味，也有人跟著回應。她沒有加入，只是趁著散場的時候，偷拉一個人問：他在說什麼？那人回：他在說自己的故事呢。原來她不在的這段時間，父親成了一個說書人，說他自己的故事。她從來沒有聽過父親提自己的往事，連他和母親的戀愛史，她都絲毫不知。或許是處境、立場、時空什麼都不對，事到如今她也沒有勇氣混雜在人群裡聽父親說故事。

像一個祕密，她每天刻意經過，看她父親的臉。

只是，每次經過人就少一些，或許是父親老說同樣的故事大家聽都聽膩了吧。終於一天，包括父親只剩三個人了。那天照舊，父親說話還是一樣的神情一樣的態度，旁邊一位和他差不多年齡的中年男子聽得眉頭卻漸鎖，捺不住性子他打斷了父親的話，她聽見他聲如洪鐘地說：兄弟你怎麼老偷別人的故事呀！

她看見父親的睫毛垂下去，她裝作沒聽見遠遠避開他好像他就是個不知羞恥的賊。後來她才知道父親把從別處聽聞的或戲劇或新聞，改了人名和地點偷渡成自己的。這件事她沒有對任何人提過，她知道她很快就會記不清楚。

他再也不出門了，又變成了安靜淡漠的丈夫和父親，躲回了樓梯下。她開始害怕和父親同處一個空間，她祈禱假期趕緊結束，讓她有離開的理由。父親不知道是否察覺她態度的不對勁，竟去敲她的房門，說有話跟她說。趁母親不在，兩人坐在客廳裡，她心虛得不敢抬頭。父親握住她的手，她對這樣的親暱感到不自在，他小聲地告訴她，像傾訴一個深藏心裡的祕密。她看著他的牙齒開闔，他說：再等一下喔。她打從心裡想要尖叫，可是她不敢，她怕他真的聽到。她回到房間後開始打包行李，打算隨便編個理由提早回學校去。

她的想像力縱容著她，對父親的羞恥感像一個吞噬所有的骯髒黑井，不停挖深再挖深，擴大再擴大。

再等一下，她怕自己的人生也會跟著被父親偷走了。

犯錯如反掌。當她先是將文件影印錯數目，然後把咖啡打翻在文件上時，她就覺得自己應該好好休息一下了。她向公司告了下午的假。

頭痛欲裂。她躺在床上，隱隱約約看到父親出現在她身邊。是最初記憶中那個明朗健康的形象。他很開心地遞給她一大張紙。他說，你看。她看到兩個燙金的大字寫著：獎狀。她看到父親的姓名印在上頭。過去幾行的獎勵事項寫著：表現優良。她下意識去摳摳父親的姓名，是真的。她非常非常高興，驕傲得幾乎要流下眼淚了。然後父親帶著獎狀消失了……（她忘了）……父親五分鐘後又出現就已經不是之前的父親了。他站在窗邊抽著菸，說話般一口一口從嘴巴鼻腔呼出來，好像魔術師一樣。童稚模樣的她央求父親替她吹氣球。他將煙吐進氣球裡，白色的煙在裡頭飄動，她覺得很美。一顆一顆飽含父親氣息的美麗氣球幾乎要充斥整個房間了。父親還在不停地吹。突然她捧著的一顆氣球不知道為什麼磅的爆炸了（這不是她的錯），接下來磅磅磅爆炸聲四起，每一顆氣球都跟著破了消失了，煙霧流竄出來瀰漫整個房間。看不見父親了。她想叫：爸爸。可是煙嗆進她的喉嚨，她嗆咳著伸手一陣亂抓，卻什麼都抓不到。煙霧散去之後只留下翻倒的桌椅，四散的衣物，這件，那件。混亂的房間，和，沾染一切的菸臭味。

從床上幽幽轉醒，只覺得疲倦肚餓。她開始煮稀飯，準備一碟碟小菜。她拿起一根小黃瓜，鏘的一聲刀起頭落。她丟下刀，害怕得乾嘔流淚。

最最隱晦恐怖的召喚。當想像的情節碰到了現實的那一面，她就寧願什麼都不要，什麼也不要想起來。

她點了一根菸。火光星點幾乎要燒在她臉上。冷眼地，旁觀地，她看不見可是能想像的，那似笑非笑的表情。

那晚，她突然想起過去吊在後院，父親自己手洗的衣服。從肩膀開始積聚水滴滴到下襬，頃刻就滴在地板上。

一長排的衣服總是悲泣般徹夜，滴、滴、答、答、滴、滴、答、答。

最後一次看到父親是在醫院的病床上。某天清晨接獲母親的通知要她無論如何都要過來一趟。她來了，她認不出來。她不知道父親已經是一個老人了。那個潔白床鋪上瘦小蜷曲的就是她的父親。他背對著她在睡覺。她聽母親說，父親不曉得何時開始看心理醫生的，聽說他騙醫生每晚都睡不著，偷偷一顆一顆攢下安眠藥。昨天夜半她被聲響吵醒，聽到他在廁所對著馬桶催吐，問他幹麼，他回不干你事，我死了你好了。這才知道他把十來顆安眠藥胡亂吞下去了，送進醫院洗胃白受折磨，母親打電話給她要她來親眼看看。

她母親以為他的人生就是在失去工作時走岔了，靜悄悄把自己弄瞎，再也看不見自己的荒謬。晚年又新習得了一項技能：用極大的限度扭曲自己。以雙手所能開展的最大幅度，硬要將身邊的人抓著一起，把大家緊緊箍進他的自虐圈圈裡。母親說她不願意跟著這樣活，舉了許多細細例子，但她以為她在念詩。太長一段時間，她刻意從他們的生命中缺席，所有母親說的關於父親的話，現在的她都沒辦法精準地想像細節。所有跟他們的真實有關的，都與她無關。她活不進去他們的人生。如果硬要把她也抓著一起，只能擠迫她偷師他人的真實而已。所以她只說讓他靜一靜，你也回去休息，下次再說吧。

那天清晨她睡夢恍惚時，聽見母親的聲音聽得心顫，趕過來也累癱了。在父親身體騰出的半邊，枕手睡了。醒來時父親不知道醒來多久，還是背對著她。她聽出父親的鼻息分明是醒著，只是不想面對她。她不戳破由著他去。然後，她看到父親的肩開始一抽一抽，身體忍不住地顫抖，乾癟茄子般的手掩住了面容。她看不見父親的臉，她伸出手拍拍父親的背，心裡初次感到無限的悲傷，語氣堅定地說，不會死的，不會死的。心底複誦一次。

後來的事她不在現場，只得聽母親轉述。她說，帶父親回家後那晚睡得特別沉。兩人一路都無話可說，父親還是堅持睡在樓梯下的房間。她已經習慣一個人睡，想也不需要刻意做些什麼，就一切照舊。她要進房間時，看見父親軟弱地站在自己的房門，彷彿是自語般地問：我被偷了？她只當他又開始瘋魔，沒好氣地回他，早點睡啦。

其後，也許是當天夜半抑或隔日清晨，就像他偷來的故事一樣，沒有人知道他要給自己的人生怎樣戲劇性的結尾，他就此從她們的生活中走出去，離開，消失了。

現在，父親樓梯下的房間已經完全變成了儲藏室。老舊的電扇；換季才會想到的電暖爐、厚棉被；棄之可惜的雨傘、鍋碗瓢盆，全都擠進那個廢棄已久的空間。

記得她曾問母親，父親到底被偷了什麼？母親搖了搖頭，不明白。只說，可是，他的東西早就沒有人要了。

（——我被偷了？——不會死的，不會死的。）

她已經知道明天會怎樣來。

配音

門上寫著：「進來吧，我已上吊自盡。」大夥兒進去後，發現果然是真的。（那個人說「我」，其實那個「我」已永遠不存在了。）

——《卡繆札記》

1

妹妹在床上醒過來。她聽見老舊燈泡一盞一盞，嘶嘶地叫著；父親啪嗒啪嗒的腳步聲；衣架與衣架的碰撞聲，她的床頭就與他的衣櫃隔著一道薄牆，每次他一開衣櫃的門她都以為她的頭要跟著被打開了。

她在黑暗中不敢睜開眼睛，她知道睜開了還是黑暗。她躲進棉被裡，抿著嘴，傾聽著，把弱小身體包裹得緊緊的。她已經不會去細數自己多少次的尖叫求饒，和肌膚上紫了又黃，黃了又紫，多少新舊傷痕。一次一次再一次，酒醉的父親拳拳入肉地擂打，她每一次都在心裡祈禱是最後一次。

但永遠都不是最後一次。

2

二十五歲的K，是個配音員。

她還記得第一次聽到自己的聲音出現在電視上時，她覺得她的存在沒有比那一刻更真實的了。她的聲音清楚地傳進她的耳窩，使得她的臉瞬間躁熱起來，她以為全世界都在聽她說話。

後來她就知道了，那是一個虛構的世界，與真實的她無關，遙控器一按就可以把她轉過去了。

為一個虛構的影像說話，跟她坐在沙發上的身體有什麼關聯？別人如果問她，她也說不上來。

但她還是很投入，從培訓、跟班到終於可以上mic，她花了很多時間進入了配音的工作。有一種集體的狂熱感，她覺得她在創造一個世界，她的聲音就是這個世界最重要的決定要素。她著迷於這樣的世界，與她自己。

「聲優」，日本人如此稱呼，指的是聲音的演員，在狹小的錄音室裡，看著螢幕上閃耀的畫面，她覺得她不只是一個表演者，還是一個創作者，一個翻譯者。這些許許多多的角色都存在著她某一部分的性格，她的聲音可以表現出她真實的存在，就扎扎實實地隱藏在這些角色的背後。獨白、囈語、對話、歌唱，有時母帶的音源都壓在一起了還得製造出背景音、環境音：山上海邊，開門關門，走路，接聽電話……。

許許多多人的聲音，生活的細節，就在錄音室裡感受各種生命進進出出。有感情，好生動。聲音的演技，她有的，她可以立刻融入，比誰都悲傷，比誰都更快樂。動畫，韓劇，日劇，每一個角色都有新的靈魂，新的表演，不同的詮釋和表達。她想像著，現在戲已經演了，就等她說話，讓她配音。

她專心地看著螢幕裡的世界。

3

妹妹看著自己的身體。

她太小了。小小的手，小小的臉。她知道有一天她會長大，她不會永遠是小孩。但現在，她對於這個世界的觀感就取決於存在在她周圍的人。父親就是她的世界。她已經盡所有力量討好她的世界，但世界還是令她害怕。

父親原來也不是這樣的。他不是個冷漠寡情的人。從什麼時候開始，他陷在自己的沉默裡，越來越瘦。不會再有人接近他，不再有人會去碰觸他。他也需要被肯定，被重視，被愛，他以為他的存在應該可以在這個世界占一個位置。

沒有。他一無所有。失業了他沒有錢；老婆跑了他沒有愛。然後他找到了一個新的世界，他的桃花源。他用喝酒來創造。

家卻越來越腥臭。

馬桶裡被遺忘的騷羶，酸臭的嘔吐物，溼衣服的霉味。

妹妹，變成面容扭曲只會張口，吵鬧，令人厭煩的怪物。

他討厭她的眼睛，那種需要人百般呵護的眼神就是在提醒他自己的無能。酒醉後第一次掌摑她，手掌打在妹妹柔軟的小臉上，他也有打從心底想要尖叫的悔恨感。每一次他都用各種理由來安慰自己，清醒的時候他就用心補償。一次又一次，最後他連安慰自己都顯得麻木，他看到妹妹的傷痕還會顯得驚奇。他告訴自己，毆打她的那個人不是我，是別人，跟他一點關係都沒有。

（安靜，安靜，閉嘴不要再叫！）

妹妹則開始學會分辨瘋癲和正常的父親，她可以從父親的腳步聲聽出他是否酒醉，她不再哭喊肚子餓，那是爸爸初次打她的原因。

她可以離他遠遠的，不論是身體或是內裡。

4

配音的工作讓K可以把自己藏得好好的。她豐沛的感情只存在於別的創作者那些想像的虛構的世界裡，她自己則與現實裡的事物幾乎無涉。她覺得自己只是個穿著衣服的隱形人。

現實裡她能不說話就不說，她從配音裡學到的，即使主角和路人甲有一樣的聲音特質，也沒有人會在乎路人甲的存在。除去配音工作時，她不過是個比路人甲存在感更為薄弱的人。什麼你是自己人生的主宰，她從來不相信。

今天K到一家新的餐館吃飯，服務生殷勤地介紹菜單，她聽著沒說話只有點點頭指一指，她從他臉上又看到那種一時間不知所措，好像自己該為了其他人與眾不同的殘缺負責的表情。可她又不是真的與眾不同。

幸好資本社會已經發展出許多不用說話的地方，例如書店，二十四小時的便利商店，DVD出租店，只要挑選好商品然後到櫃檯結帳就好了。

她總是一個人，只要基本需求就夠了，她聰明到知道這個世界沒有什麼東西是真正屬於她的，久而久之在現實世界裡她也失去了表達自己的欲望。

像她有些同事，配音工作久了，已經不像生手一樣戰戰兢兢抓情緒，對臺詞，一切都得心應手了，反而失去了當初的熱情。畫面不斷跳出來分他們的心，自己的存在與虛構的存在卻有了扞格。要不抹銷自己的存在：重複的音調，沒有新意的聲音表情，成了機械地說話的空殼；要不辭去配音工作不再為畫面上那些表情作翻譯。當然不是每個人最後都一樣。像她，就以為配音工作是她在世上唯一可以依賴的，出口。

5

妹妹創造了一種遊戲。她替自己製造了許多分身，她的玩伴。每一個分身都有不同的性格和人生，所有人都與她親密地連結在一起，疼惜她，保護她，他們在一起的時候都好快樂。只有父親出現的時候她會把他們通通趕走，她不要他們看見她哭泣的樣子。

她們會圍成圈圈說悄悄話，只有她們可以分享彼此的祕密，其他人進不去她們的世界。但妹妹有太多的祕密，不能說的，必須說謊的，所以她常對他們抱著歉疚感。

在床上幽幽醒來的時候，有時她會搞不清自己在何處，儘管她能夠存在的地方就只有一個。或許是她心裡期望自己身在別處吧。當躲無可躲的時候，被父親揪出來的時候，父親的拳頭深深打在肌膚上時，她都會希望自己不是自己，那些受害疼痛的感覺，一絲絲都不存在。

這些時候，他們都不在身邊，有時候她會害怕他們不再出現，不再陪她玩或說說心裡話；有時候她又害怕他們在她被毆打時突然出現，會戳破她美好生活的假裝，把剩下的一點快樂想像全跟著帶走。

如果我不是我，如果我不存在，爸爸是不是不會那麼討厭我，不會再打我了呢？最近她常常這樣想。

在她十年生命的小小腦袋裡，還沒有學習到的是，有時想像力也是非常危險的東西，它的危險在於當你深深耽溺於其中，無可自拔，與現實世界產生脫節沒有現實感，常常自我意識和靈魂與肉體分開，互不相干，或許肉體腐朽之前，這個整體形成的「我」就已經消失不見了。

痛還在那我在不在？現在她還不會明白，但她父親可以明白。

6

K常常有那種長期旅行之人的錯覺，分不清今天與昨天的天花板，雖然她從來沒有真正旅行過。今天她沒有工作不用到錄音室去，所以她就躺在床上多睡一會。醒來的那一刻，她一時之間沒有辦法分辨出現實或夢境，到底自己現在在哪裡？有一種莊周夢蝶的哲學感覺。

同事抱怨她像穴居的原始人，竟然沒有任何可以立即聯繫她的方式，沒有傳真，電話或手機。她知道，她只是不想被找到，被迫加入一些無趣的交際；她也不明白人怎麼能在錄音室裡幾個小時不停地說話之後，又對著話筒說話。何況，那種半生不熟的情誼，初次通話時的尷尬，她也不知道怎麼面對。漸漸地，大家相信她不願意被打擾，也沒有人在工作時間以外找過她了。

K正坐在客廳裡看租來的電影，當她不用進錄音室時這就是她平常的生活。

這部法語片在講一個不幸女人的經歷，她在一開頭就把自己吊死了，美麗的腳趾頭在空中盪呀盪的，這當然是假的，是戲裡的戲。但K覺得這是她人生的隱喻，一個明顯的暗示。最後，女人經過許許多多的偶然與巧合，走過了傷痛，有了新的愛情。

電影裡一直重複著一句話：

（越大的不幸，越值得去經歷。）

關掉電視，K覺得好悵惘。人生真的有再來一次的機會嗎？她很懷疑。

越大的不幸，越值得去經歷？她覺得這只是事情發生了，不得不面對的安慰而已。

儘管傷痛可以過去，痛苦的經歷如果可以不要，還是不要吧。何況，她從來就不是個幸運的人，如果的如果從來就沒有在她身上實踐過。

她坐在沙發上伸伸腰，找了一件長袖外套，打算出去透透氣。

7

當妹妹學習認識自己的時候，她已經是個習慣性說謊的孩子了。在生活裡她只有編造出許多不存在的情節，才得以生存下去。一個人的時候，她把自己放在一邊，任由分身們占據她的位置，訴說自己的人生。有人存在才有生活的細節，有發生的故事和對話。但她總是一個人，一個人跟虛構的存在說話，跟內心的想像說話。

別人在的時候，她則乖巧世故，任何人都可以從她身上嗅到那不同於同齡孩子的味道，可是極少人得以警覺地對她伸出援手。

餓到不行時，只敢向相熟的鄰居阿姨索求一點點食物，她不敢要一點點愛或是什麼感情的露水。

她十歲，她已經看不見自己身上的傷痕，她也不想讓別人看到。

父親已經好幾天不在，她反而沒有辦法睡得安穩，比起毆打她更害怕就此被丟下，在這個酸臭腐敗的房子裡。她讓分身在夜裡唱歌陪伴自己，直到睡意來臨。

8

最近K老是做著一個夢。她夢見自己到了一個陌生的小鎮，小鎮裡所有人都用黑紗蒙面，露出來的那雙眼睛，明顯對她有敵意。她不知道自己到這裡來做什麼，所有人都輕輕地推擠她，漸漸地圍過來，這時有人問她：你是誰？她竟然一句話也答不出來，只有不停地落淚。然後天空中不知何時降下了一條巨大的繩索，把他們全都束緊，綁在一起，面紗被風揭開，結果每個人都是她自己，長得一模一樣，有一樣怨懟的眼睛，但是有些人的嘴巴縫滿縫線，有些人就是沒有嘴巴，有些人在同一位置只剩一個窟窿，大家都一樣流著淚，說不出一句話。

她總是在這時候驚醒，並且試圖不去分析夢境的意義，她已經非常明白夢境和現實的分際。

或許因為長期的疲倦，近來她總感覺有東西在她體內騷動，有時像在輕輕刮著內裡，有時像在她體內不停地轉身，若不是不可能，她真要懷疑要誕育出什麼了。

K走在路上，覺得這個世界充斥著虛偽的畫面，冷漠的聲音：那些惱人的機械聲，尖銳的人聲，這麼多聲音的喧譁。或許就是這樣對聲音特別敏感，才在大學畢業之後毅然決然地投入配音的工作吧。

有時候她也會像這樣在街上散步，關心那些與她共同存在的風景。看看街上的行人，櫥窗裡的物事。她發現每個人都在試圖表達自己，用顯眼的外表，形體，動作，說話的語調。像櫥窗裡擺放出的美麗照片，那些故作姿態。她總是看著看著就好疲倦，太多人太多表達了，太急切被理解，把生命折磨得好擠迫。

看著看著，她會搞不清楚自己為什麼會變成這樣，她的人生為什麼會變成這樣？像一組拍壞的照片，人物背景都模糊成一片，誰都可以在那裡面；或是一張詭異的照片，肩膀上搭著一隻多出來的手，而那個不存在的人依然緊緊捏緊她的肩頭。

那個已經不存在的誰，仍然捏痛了她，毀壞了她人生的情節、其他的可能。或許像電影般有天會有一個探射燈直直從她頭上砸下來。

一個穿著花裙的小女孩在她面前奔跑，蹦蹦跳跳地快樂著，突地被路上一個突起的路磚絆倒，遂大聲哭泣起來，跟在後面的父母心焦地跑上前詢問檢視寶貝的傷口。

（一切都可以是虛假的，這些聲音是可以以配音的形式呈現的，父親的母親的女孩的。）

當K意識到自己的想法時，她感覺自己是過於疲累了。所以她只好提早結束在路上的閒蕩。

9

暴力，暴力。妹妹模仿著電視主播的音調。她從鄰居阿姨那裡要一點食物的時候瞥見的新聞。她當然知道暴力是什麼，或許比一般人更能理解，暴力就是實際發生在她身上的事情。

爸爸這次出去借錢花了比平常多的時間。她有越來越多的時間和她的分身相處。吃飯的時候，跳繩索的時候，唱歌的時候，越是充滿著他們的歡笑聲，她的世界就越來越分成兩邊。這兩邊漸漸築起一道高牆，哪邊都不知道彼此的存在，不能打探彼此的消息。

經過窗戶的時候，夜晚的時候，聽見門外有動靜的時候，她就會從床上坐起來，仔細傾聽是不是父親回家的腳步聲。過去曾讓她害怕不已的聲音，需要去辨別新的苦痛會不會再來臨的聲音，如今是她心之所繫的。她只是不想孤零零地被拋棄。

溫暖快樂的時候，就失去等待悲傷的記憶。

她相信不會再有暴力了，這是她熱望的祕密，在兩個世界共有的夢想。只要爸爸這次回來，一定會改變，她的世界總是一直在改變。

或許她可以去上學了，可以和其他人一樣有新的文具，在學校裡吃午餐，可以交很多朋友，大家一起玩捉迷藏；放學之後或許爸爸會抱抱她，對她說我的小寶貝，爸爸給你買新衣服……。

只要等待父親回來。

10

K相信那個誰已經不存在在這個世界了。她想像過他的各種死亡。病死的；老死的；吸飽煤氣皮膚透出櫻桃色；在空中擺盪紫黑色的腳趾頭；連人帶車直直開進海裡跟生鏽的車一起腐爛，變成屍體，變成一縷輕煙，變成宇宙的塵埃，變成鬼或幽靈。或許在死亡後留下了諸如「我還不想死」或「我恨這個世界」之類的遺言；或許什麼也沒留下，找不到他的痕跡了。

那又怎麼樣呢，像他這樣一個平凡的小人物，能有多轟轟烈烈。我我我能在哪裡，早就已經沒有什麼我了。

（其實那個「我」已永遠不存在了。）

K認為自己不是個冷漠寡情的人。她只是想，一個人如果一輩子不再相見，那麼當他不存在了或許會比較好過一點。

她總認為不是時間讓她改變，是現實世界裡一次又一次的失落，慢慢積累成她現在的樣子。

她小時候總認為她長得比同齡的孩子矮小，是因為身體裡面住了一顆氣球，她成長了一點點，氣球就會跟著慢慢脹大，她害怕氣球會脹得太大然後爆炸，所以她的身體始終只敢成長一點點。

現在她覺得她身體裡面住的不是氣球，是另外一個人，這個人占據了她的內裡，彼此拉扯彼此壓抑，她們掩住了彼此的嘴巴，不再讓對方傾聽到自己的聲音。就好像一個配音員用吼叫取代了演員真正的聲音；好像心不在焉的配音員讓自己的聲音和畫面裡演員的嘴形完全搭不上。一眼就讓人看出虛假。

然而，K已經成為了專業的配音員。

11

那天下午妹妹決定把她的過去通通埋葬。她可以不再是妹妹，是誰都無所謂，是誰都有比現在更好的人生。鄰居阿姨跟她說，兒福機構會幫助她，讓她上學讓她有快樂的童年，她可以徹底脫離現在的生活。

妹妹從那個酸臭的屋子走出去，在她眼裡屋子就磚磚瓦瓦地掉下來垮下來。她去到已經放學的學校，在那裡邋鞦韆，把自己的身體越盪越高，越盪越高，就有了一種輕盈的感覺，好像身體都不存在了，不用再背負一些莫名其妙的重量。

父親已經徹底失去蹤影，從她的人生，從那些等待的日子走出去。父親成為過去，父親造成的暴力成為過去，那些身體上大大小小的傷痕會漸漸淡化，漸漸成為過去。

她沒有媽媽也沒有爸爸了。

她現實世界的牆崩壞了，另一個世界的他們都可以直接從牆的一邊探出頭來把真實的她看清楚，指責她。那個愛說謊的她。

她以為玩伴們也會離開她，可是沒有，他們反而比以前更依賴彼此，她已經決定不要像讀過的童話故事，走向成人世界，她要永遠把溫蒂鎖在身體裡面。

從那一天，社工人員掩鼻走進父親的屋子，對她投射出憐惜的眼光時，她就決定要這樣活。沒有人知道除了虛構的世界，她不要再跟現實世界裡的任何人有任何緊密的關聯。她要把自己藏起來，這就是她往後的人生。

12

K對現在的生活很滿意，覺得可以就這樣好好地過下去。

對生活不滿的時候就看電影，在虛構的世界找安慰。

而且，K已經不是會做夢的年紀了，她知道如何跟世界保持距離避免受傷害。她明白要讓其他人了解自己曾有的生命風景是非常艱難的一件事，那種因為自己的幻想而積極投入別人人生的人，往往遍體鱗傷。所以那些天真浪漫情熱，之於她，是白白浪費的了。

我就是這樣了，這就是我的模樣，在她反覆告訴自己之前，她已經是這個樣子了。

直到某天她在電視臺看到一部好萊塢舊片，描述一個小鎮將被火山侵噬的災難片。在一個熔岩四溢，滿城遍布火山灰，人們驚叫逃命的橋段裡，透過了男主角的眼睛，給了旁人一個鏡頭：一個小女孩在那裡脆弱的哭泣，臉龐寫滿恐懼無助，哭喊著自己的親人。那個鏡頭一瞬間就消失了。最後英勇帥氣的男主角，駛著一輛吉普車在岩漿上開來開去，救了他的情人，情人的一雙兒女，還有一隻狗。

電影沒有交代小女孩怎麼了，去了哪裡，因為她根本無關故事的情節。可是，那個五秒鐘的景象就是在K腦海裡揮不去，那種伸手要不到半個人，哭喊的神情，太絕望了，她幾乎要因此而落淚了。

（是誰取代了她？）

然後有一天，她變得沒有辦法好好看電視了。

只要她一扭開畫面聲音就從四面八方出現干擾她的思緒，她會一直不停尋找「正確」的聲音，她在尋找最符合畫面的聲音。她的腦袋告訴她這個聲音「不是這樣的」，「這是錯誤的」。她以為那只是配音員職業病的來到。

虛構的東西變得太真實，像嘈雜的八卦新聞令她不能忍受，好像戳破了真實的牆壁，讓人失去了依據，她只好選擇轉到不需要配音的頻道。

轉來轉去，突然一個畫面出現讓她驚動了一下，差點要叫喊出來。她從一則新聞裡面看到了爸爸，趕緊從另一個頻道轉回來。電視裡的主播正在報導遊民的新聞，她看到在公園群聚的遊民中間，有一個很像是爸爸。很像，但仔細看又不是。

那一瞬間的驚嚇彷彿把她的過去召喚回來，像火車車廂間的卡榫突然接起來。那些曾經的哭泣再湧現，曾經的尖叫再尖叫起來，長好新皮肉的傷口好像又會重新潰爛。她從來沒想過父親可能還存在著，她以為拋棄了過去，新的人生就會自動的等在前面。

（是誰偽裝成K？）

她不知道她再怎麼鎖住她的身體，也守不住她的靈魂。有時候就是這樣突然的意識到了，就再也不能假裝。

（是誰取代了她，替她的人生配音？）

她不知道的是，從此以後，在她自己的人生裡，就像她的職業，她也不過是個替別人說話的配音員，沒有真實的聲音，沒、有、她、自、己。

13

有了新身分的她，用手指輕輕碰觸著肌膚，撫摸手臂上那些慢慢變成淺膚色的舊傷痕。

父親這個名詞對現在的她已經失去任何意義，她沒有辦法想像父親仍然（或許光鮮亮麗地）存在這個世上，因此只得以各種的死亡來為他曾經存在的生命作注解，也因此她不再需要去乞討任何人都得以天經地義得到的愛。

她要把父親永遠當成陌生男子，任憑他在門外是我是我地敲打，她再也不讓他踏進門內一步。永不存在的那個誰。永遠的亡者。

只要她仍然渴望父親，她體內那些聲音就會不斷地爭吵，互相傾軋，直到其中一種聲音被完全抹殺。

她現在才明白，妹妹仍然在渴望那份愛。

她以為，只要妹妹可以是C，可以是L或M，不論是誰就可以再也不會是妹妹。

她想，或許是她在不知不覺中重新誕育出妹妹。不，不是，是妹妹誕育出她，與她共存，是妹妹選擇了她，她的身世，為了不再把過去裝裝卸卸，就隱身在她後面。

但過去的影像太過鮮明，以至於妹妹的記憶至今仍然阻擋著她的前進。而這些記憶帶著暴力的碎片，也讓她強烈質疑起自己的存在。

自從那次電視新聞的驚嚇，妹妹就不期地出現，作為她和現實生活的連結。

（妹妹說：我已經藏不起來了。）

（妹妹說：讓我來重新安排你的人生吧。讓我給你一個新身世。）

妹妹已經忘記了前陣子的自己，執迷於無望，漸漸地介入她威脅她的存在。

那些恐怖的，欺騙的，虛偽的生活，那些被遺忘在記憶底層的生活。

那棟不屬於她的屋子，那段不屬於她的時間，那個不屬於她的人，都重新安安穩穩地站在她的生活裡面。

（安靜，安靜，閉嘴不要再叫！）

她必須要尋找解決的方法。她需要一個答案。

她模仿著她曾經配過音的腳色：任性的千金小姐，稚氣活潑的小男孩，冷漠的女高中生，動畫裡那些擬人化的生物……這些虛構的形象。虛構的，也因此她可以逃開那些關於真實的連結，讓它們遠離她的生命情境，無須拒絕或是接近……

（也許死亡永遠是生命最好的解答？）

那天領班告訴她有一個新角色需要配音時，她就已經決定了自己的未來。

她像以往一樣，進去狹小的錄音室，領了稿子，與螢幕上的角色對著臺詞和嘴形。

她知道妹妹會出現。她就安靜地等待妹妹。

果不期然，在她正式對著麥克風說話時，妹妹就從內裡溜出來。

她一邊玩弄著麥克風線，一邊對著螢幕裡的人物擠眉弄眼。

（妹妹問她：那麼，你要怎麼替你的過去配音？）

她沒回答。她已經知道答案。

她趁妹妹不注意的時候，把妹妹一把推向螢幕，推向螢幕裡面的世界，就讓妹妹永遠待在那裡面，那個虛構的世界。任憑她怎麼哭喊拍打，她已經逃不出那個世界，徹徹底底成為配音的角色，想像的人物。

跟她的現實生活一點也無涉。

（是K取代了我。）

她配音著。她微笑了。

這時，她已經完完全全成為K了。

夢旅人

一棟房子的倒塌，一片片玻璃碎裂，一塊塊水泥飛落，那巨大的身體，就像一個人陷落，橫躺，倒下，死去，一切四散，揚起一片灰。有時，在海裡，被倒塌的力量撞擊的海浪，直接吞沒了房子全部。幾隻海鷗在上空盤旋哭泣。

我問：「房子怎麼會建築在海上？」

她皺著眉說：「是夢，我常常預見。」然後她就會低下頭去。她的黑裙下有一節縫線脫落，就垂在她嫩白的小腿肚上。她用力扯斷，將她的手指伸進我破舊沙發的破洞裡摳出幾團棉絮。

她很寡言，我覺得我不是很認識她。而且她又是一個電影狂，我們在一起時總是在看各式各樣的影碟。然後她會拉著我，到書店去買那些電影海報，用雙面膠貼在牆壁上。

我看見她就會想起我的母親。

我曾經看過母親對火車車窗上印著的掌紋愛戀不已地觸摸。她是一個著迷於各種身世與故事情節的人，而她豐富的想像力正好可以支撐她自己真實生活的匱乏。她總認為火車車廂裡的那些氣味、痕跡，各式各樣的人背負著自己的過往，在某個時間內無可選擇地和同樣起點或歸途的一群人擠挨在同一緊閉空間裡，上演著生命裡或許已經習以為常的姿態。在他們身上所發生或將要展開的人生故事，光是想像著就足以使她獲得極大的滿足。

但矛盾的是，她的工作卻是徹底消除那些人真實存留下的物事。她每日戴著黃色工程帽穿著黃色制服，為每一輛曾經滿載故事的火車做洗刷的工作。一節又一節車體的沖洗，車廂內部的清潔、打蠟。那些故事對乘坐的人來說不過僅是一些髒汙，令人不快的不潔，需要每日在車廂裡留下清潔劑的香氣，除去那些無關緊要的他人氣味。

所以她特別喜愛那些尚未清潔前的車體，總是在想像裡為他們編造一個又一個精采的情節。儘管每日輪班異常忙碌，又只能賺取微薄薪資，她卻從未想要轉換工作，彷彿只有在火車車廂裡她才能安置她自己。

那時的我完全無法感知母親的心情。對我而言她更像是不斷地返魂於過往，遊走於那些精采的他人世界，卻不能介入任何一個。對於啄食他人人生的碎屑麵包，我毫不感興趣。

同時我也會想起我的父親，他離開的那個下午，我在玄關穿鞋，他早我一步將門打開，一腳就要踏出外面了，突然轉頭對我微笑，他說：「以後你可以不要叫我爸爸了。」

我一下呆了，連鞋帶都不會綁了。

往後我試圖做到小說家說的「人必須再回到現實生活中才能長出肉來」，但我說不出來我怎麼會喜歡上她。

可能是因為那一扇窗。可能是她烏黑的髮絲，她小小的乳，或她的香氣。她緩慢地在窗上呵氣，就著霧氣寫了一個字：

家

她把宀畫得很大，拉起我的拇指在豕的兩旁，大大的宀下蓋了自己和我的拇指印。轉頭跟我說：「你可以來損壞我。」

晨光下的微粒飄浮在她臉旁。畫面與臺詞都如此具戲劇性，我想戀愛應該就是那麼戲劇性的，可能因此我就愛上她了。

這是一件非常不理智的事情，但也許我從來就站在感情的那一邊。

她也有讓我覺得無法理解的事。她害怕一切無法控制的事物。例如我們在安靜的書店裡挑選海報時，某個沉浸在書本世界裡的女孩，隨著閱讀的思想節奏，用腳尖將石子地板敲擊得噠噠響的無意識行為，都會讓她感到極大的不安。或者是，櫃檯店員用手指不停點著桌面。那對我來說微小的聲音傳進她的耳膜裡，她便不得不跟著那聲音，呼吸急促，快要發瘋。每當像這樣無法由她控制，她又無力去阻止的這類事物，她總是會自語：「為什麼要這樣？」然後拉著我立刻逃離。

例如搬家。她總是在搬家。簡直沒遇過這麼執著於房子的人。不過就是在小鎮裡搬來搬去罷了，但不曉得為什麼她就是沒有辦法在同一棟屋子裡長久地待下來。我曾站在尚嫌空曠的租屋處，看著她低著頭說「好滿」。好奇怪，也許她有一種幻覺，房子裡面總是還有另一間房子，無形的，固定著，不論她換到多大的空間，試圖擺脫掉那種感覺。說不清楚，但她覺得那種滿溢感就是存在於各式各樣的空間裡面。凝滯著，擠迫她。

例如說話。她總是過於安靜。「表達點什麼嘛。」那些問話的人最後總是微怒地對她說。有時候我看到那些問話人臉上的不耐，會告訴她：「你說說看，你生氣起來。」但有時候我會想，她要怎麼告訴那些不理解她的人，說她不知道如何表達。如果她真的真的已經沒有了言語。

她總是說：「我不知道，我不記得了，我說不出來。」她總是很抱歉。

後來她選擇離開我，莫名其妙地。分手之後，我把那些電影海報一張一張撕了下來，丟進垃圾桶裡。那些頑固的雙面膠，曾經鮮明，黏膩，後來變得乾硬，發黑，還殘存在我的牆上。很久之後我談了別的戀愛，我慢慢覺得愛應該是一種相互給予的東西，於是我漸漸長出現實的肉來，漸漸忘記她。

直到有天我們相遇，還是在電影院裡。午夜場。盧貝松的《終極追殺令》，小女孩馬蒂達問殺手里昂：「人生這麼苦，還是只有童年才這麼苦？」

我就看到她了。

幾年不見，她變成了一個憂傷絕美的女子。電影散場之後，我和她打了招呼，互相聊了些近況。最後我鼓起勇氣問了那些分手戀人最常問的一句蠢話：「你那時為什麼要離開我？」問出口我就後悔了。

她看著我。從前不知道她有這麼深的黑眼珠。但我卻不知為何想起太宰治所說的：「見不得光的人」。

她低下頭，沉默了很久，如同以往。後來才下定決心似的，抬起頭告訴我：

「有一天我醒來，突然很想問你愛不愛我？」

「就只是這樣？」我驚愕。

她告訴我，多年來她一直避免她的精神質素走向和母親相似相近的地步，她所有的選擇和她所抗拒的一切，都是恐懼她和母親血液裡那些，不可知的，無法被徹底研究的傳承基因。

母親總是反覆問她：「你愛不愛我？」只要她回答：「愛。」母親就會嚶嚶啜泣起來。然後母親會反覆要求：「永遠不要離開我。」而她總是不知所措。

因為她看出漸漸離開的人不是她而是她的母親，母親的世界離她越來越遠，越來越遠。而母親如果相信她的許諾，她就不會反覆追問相同的問題，讓她許下同樣的，她自己也漸漸不再相信的誓言。所有的許諾終究面對不了內心對這些事物的懷疑。之於對彼此的深愛，她和母親都不願意稍稍坦白彼此精神上的不安，任由這樣的心靈殘疾漸漸使她們形銷骨毀。當時她以為她明白了言語力量之無力與無效。她怕她所吐出的言語都是一個謊言，一場騙局。她將成為一個祈求永不發瘋的囈語者。關於言說的任何細節，如何去完整組織，她已經不再去重視。由於那份深愛，所以在她母親身上所實踐的「永遠一個人」這樣沉默而哀戚的咒詛，便成了她最深層的恐懼。她相信長久以來自己刻意背棄的內在景觀，總有一天會向她反撲而來。

「我真的真的不想變成這樣。」她給自己下了禁錮一生的催眠術。

「而我怕最後是我損壞你。」她說。

這是我第一次聽她說那麼多的話，也不知道能不能有以後。最後要分別時，她告訴我她要去上洗手間，所以我們就在門口告別。她走了幾步，轉頭跟我說：「關於那個倒塌房子的夢……我從來沒有告訴你，每一次，我都還在裡面。」

然後我走遠了幾步，聽見她固執地，把自己一聲聲敲出回聲。

微信之一

阿拉斯加之死

你是否看過了二〇〇七年西恩潘導演的《阿拉斯加之死》？進入荒野去吧，到阿拉斯加去吧，那裡路遙並艱難。片中那位年輕男孩令人感到憂傷，為了追索對生存本質的探問，浪遊，放逐，到冰凍的世界去，凍結所有人生的疑惑，最終是，奉獻了自己的生命。

究竟一個人，要承接多大的苦痛，才能拋擲一切遠離原生家庭；要有多巨大的力氣，才能放棄擁有，與旅途中溫暖的人們持續擁抱，並且快樂的可能？

我們對於理想、希望與愛的追尋，必須要經過這樣長期的自我折磨與考驗，才能真正明白，男孩在瀕死之際，理解並寫下的「Happiness Only True When Shared」？

她也仍在自己的旅程中，對自己提出的疑問，無法解答。也許，此時此刻，她在這裡寫信給你，便是在探索自己對生命的觀感，抑或搜尋人生的其他可能。當然，這不僅僅是坐下來寫一封信給你而已。

她想要相信，這封信最終會送達你手中，即便要輾轉經過長長的時間與路途；即便這封信會有寫信人不得知的命運。她想要相信，你會攤開並閱讀，然後，你會願意明白。她只是想要相信些什麼。

她不會對告知傾慕你而感到羞怯，她不是你狂熱的崇拜者，或對你的一切如數家珍。雖然她回頭來看這封信，或行為，與千萬個因各種理由熱愛你的人們，沒有什麼不同。

到底是一種真實的知覺，抑或一場繁複的幻境，或許宿命論者會稱之宿命的悲哀；或許會被嘲弄有一種天真的妄想。可是，她想告訴你的是：你願意展現的部分，願意全部接受並理解的人還是存在著的。

理解你對生命的關懷與灼熱；理解與之矛盾的心態；對他人的觀點盡可能平衡聽取的想法；保有純真良善與寬容，卻偶爾顯露些許淡然與防備。許許多多的面向，即便不是所有能接觸的你，或有錯誤理解之處。但是，去除那些包裝：外在、身分、位置，她只是正在給一個處於生命深點，並有與之相對成熟的深層靈魂寫信而已。

即便最後，念頭是愚昧的，行為是可笑的，因為她在給一個遙遠的靈魂寫一封不可能有回應的信，並且提到愛。

對於這封信與寫這封信的她，你都能擁有自己的詮釋與觀點。這提起萬分勇氣，並捨棄某些理性念頭的行為，卻使她為自己感到驕傲。在觸及生命內裡的神祕時刻，打破了人生的藩籬，也擁有了一種情願。也許這就是她的理想。愚笨，微薄卻誠實。

畢竟看過了這麼多災難與遺憾。在這個世界，人與人之間的關係，有它自身的命運與緣分，這些複雜的網絡成就了一個人的一生。有時，我們是必須拋開某些成見與限制，主動性地連結、牽引，互相接近，彼此掛懷，或許這才是生命本質，人類存在並結緣的意義。

我們太容易淡忘一份美麗，毀棄曾經深愛的物事，有時只是一個極輕微的念頭，一封遠方來信，想要問你，在這個令人懼怕的世界，如何學會安慰，每一顆星星的憂傷。

翁鬧

她與幾個朋友，折舊少女們，總愛蒐集那些奇形怪狀的人類生命岩層。有幾個字詞如同一種隱匿的密語，凝聚她們同類同質的情感。尤其那些像被命運篩選過的人：那些無賴者，浪蕩子，畸零，邊緣人；那些才華洋溢，創作自毀者。目睹他們留在最壞的生活裡，卻留下最好的精神糧食去餵養他世代的靈魂。為了傾斜的性格，捲入一種無能的人生景觀。

她們後見之明地發現那些即將走樣的，不對勁的線索；那些將日常折磨成異常的寫作生活。

她們大多沒能擁有那種戲劇性的閃耀之光，在什麼事都沒能做時，她們就折舊了，所以那其中或許存留了一些她們對他人的殘酷：生命依然有一些餘裕，訝異於他人的挫敗。但那也可能是一種欽羨，以此來救贖乏味粗糙的人生。

不論對於那種珍貴傷痕的喜愛，是一種本質上的接近，或相反，她們都極度渴望從中得到些什麼。

首先她們找到了太宰治。他「生而為人，我很抱歉」的失格狀態，的確時常被引用在她們稍微歪曲，稍微薄倖的某些時刻。最多時候是失望，對自己的失望。像他小說人物的氣質，伴隨著戲謔與丑角式的自我嘲弄。後來太宰漸漸變成一種共通的文學符號，喧譁，熱鬧，幾乎已經不見任何孤獨的況味。虛偽的世人甚至不再對他抱有歉疚感。

契訶夫曾經寫道，比如人們吃一頓飯，完全依照生活該有的樣子，這中間幸福可能於焉產生，但也可能帶來生活的毀滅。

幸福或毀滅，隨時都可能在日常裡顛覆，無法預測。那是戲劇，也是生活。她們不再需要顯露任何孤獨，已經是可以諒解任何人幸福的年紀了，什麼灼熱與激情幾乎被生活磨平。她們並不渴望毀滅生活，甚至害怕自白的那一刻起，就真的成了一個不折不扣的無賴者。

其後，被她們找到的是翁鬧。一九三〇年代臺灣文壇的孤獨者，真正的身世匱乏者。兵荒馬亂的時代，他人談的是時代裡巨大的，隱匿的，憂傷與痛楚。而他寫：像我這樣的廢料，只想戀愛，戀愛才是完成我肉體與精神的唯一軌跡。

一個人如何生得無消無息，死得無人知曉？只殘存：聽聞、傳說、耳語。後人喚他，幻影之人。只隱約知道，他是個對雙親一無所知的養子。鬱憤於名字的俗氣，總是在他人認真學習時，刻意放縱，喧鬧。他所存留的唯有幾篇獨特質精的詩文、隨筆與書信、一篇未完成的中篇小說。莫名無聲的殞落，身世只能經由後人研究推測。然後是，眾說紛紜的死訊：在異國，遁逃，精神病院，窮困潦倒，街頭凍死。莫衷一是。

戰火燃燒，人人奮起。他的日常生活是同樣「驚人的愚笨」，恍惚生活，所有錢財用盡，天寒時典當棉被，獨活成「一條忍耐的動物」，奄奄一息。

她們刻意淡化那些深沉。在情感受挫，被生活阻礙時，彼此調戲那些她們稱之「翁鬧化」的人生景況。放縱濫情，任那些殘留在生命裡的惡質在身上流竄，黏膩，只要能不被任何人碰觸。

如果能擁有誰，與誰相愛，那樣被蝕咬的靈魂結局會不會因而改變？過多的不幸能否因此被誰消融？

那樣驕傲的翁鬧，恐怕也難以說出：只要，一次就好，能不能，不要扔棄我？

還是會像太宰治寫的一則苦戀寓言：「我想這已經是顯而易見的事實了。」

無視蟲むしむし

她正從教室門口往外走，她可以感覺到身後那一群人的目光與訕笑。她想像U那刻意鍛鍊的平坦小腹竄爬出一條蛇頭，長長的蛇身一邊吐信一邊將那些討好者一圈一圈纏繞起來，慢慢地纏繞，越來越緊，直到束縛住所有的人，無可逃脫，把那一群人慢慢緊縮，將她們的手臂緊貼身體，毀棄她們的肩膀與頭顱，緊束成一個一個乾癟枯萎的人形，最後只成了一張張扁掉的影子。U的影子。她想像著她們正一張一張被風吹走。

不論U對她以紅字咒詛，在公開的介面故作隱晦，寫細細瑣瑣的片面之詞，作廉價的表演秀，她都不想與U做無聊的爭戰，即便是明目張膽的欺侮，她也無從畏懼。她不是個意志薄弱的人，因為她看夠了那些意志薄弱的人。那些集體而刻意的孤立和排擠絲毫傷害不了她。

她想，也許所有的少女在成長期時總會遇到一兩次這樣的經驗。例如，某些人群聚侵占某個角落，在你走來時壓低聲量以手遮嘴眼神卻刻意在你身上游移。但她們已非年幼無知的少女。難道還要在座椅背後或是廁所牆壁匿名寫下我討厭某某？所以她實在很厭倦很厭倦那些從眾效應，那些「跳上樂隊花車」過於戲劇性的行為。

她曾看過U在眾人面前假意哭泣，她再明白不過那些走位和安排。但看著U美麗白皙的臉龐在剛好的時間點落下精準而斗大的淚珠，她也會感到些許震動，但因此也隨即明白，她的表演大於悲傷。

其實她對U而言，或許便是看見身邊走過穿著全身漂亮白洋裝的女子，偶爾會興起希望對方一身白衣裙被風吹揚或讓汙泥飛濺，看著那番糗相感到一種惡戲般的快意。

她知道只要她還在她身邊，U身上的蛇頭永遠都會對著她吐信威脅。但她對於那些被束縛住的影子同樣感到可悲，U的跳崖羊群，她們什麼都不明白。

她幾乎能嗅聞到這樣的線索了：千迴百轉的戲劇演出。付出了愛，便有了能夠得到相對應的愛的錯覺。她第一次見識到人們真會為了愛打得頭破血流的。即便表演低劣且不合理，但她明白U必須要找一個人來憎恨以使自己不至於潰散的心情。忌妒使U懷有一份更深沉的惡意，而她就想這樣靜靜看著U的把戲何時被揭穿。她並不同等怨恨她，只是遺憾她們之間充滿無可縮短的時差。

《哆啦A夢》之一，大雄一如往常為了小事被朋友欺侮，聯合被無視，刻意被忽略，不論他如何在朋友身邊，對他們說話、哭泣，他們都拒斥圍繞，拒斥接觸，假裝他不存在。也一如往常幫助他的哆啦A夢，借給了他叫做「無視蟲」的道具，將小蟲依附在無視者身上，翻轉了他被視為隱形般的苦痛，顛倒了兩者的行為，只要無視他，就受傷。

那些受了損傷抑或傷害他人的人們，經歷過了才明白，在兩個相觸的生命裡，最大的時間落差，或許並非生死，而是盲視，是冷待。

綠棒

已經很夜了。她往另一座小山，開上去，長長的路上，零零落落的住家，四周溝渠邊種的野薑花，依然發出濃郁的香氣。

七年前，她也曾坐在駕駛座旁，看著別人開往類似這般充滿野薑花香氣的山路。那時，是她趁著上研究所的空檔，幫忙填補一個月幼稚園隨車老師的工作。她已經記不清那時路上的風景了。也許並不是她從來就不在乎風景，只是因為那時的她並不在意自己，不怎麼在意身邊的物事，因此相異的風景對她來說都只是相似的美麗。也因此那段長長的路程，她只記得野薑花，那是她最喜歡的花。真的沿路都是，野生的，潔白的，一束束盛開，香氣逼人的野薑花。

那座山上的公立幼稚園，一輛輛綁約的小巴士載著蹦蹦跳跳的幼童，分別送往不同的地區，回家。鄉下的城鎮，住家總是間隔很遠，車子緩慢開在崎嶇山路，一個一個接與送。她記得開著他們這輛小巴士的大叔，壞脾氣，總是急急趕著幼童們上車，點著名誰誰誰上車了沒有，好了便用力關上後車廂的門。她都要小心拉著這些孩子以免他們被粗魯地夾傷。

那三四歲的幼童，擠挨在極為狹小悶熱的空間裡，改造的座椅數仍不足。她身上已經抱著兩個較瘦小的孩子，但仍是有孩子站著擠在走道上。有時孩子嘰嘰喳喳地聊著今天發生了什麼，壞脾氣大叔覺得過吵了，便大聲斥責安靜安靜，甚至突然煞車大罵不要說話。孩子偶爾吐了哭了，壞脾氣大叔就會更生氣。孩子們每天在這一段路程受著苦，隔天宛若無事般與同車的朋友玩鬧嘻笑。而每天，她接送這些幼童們，帶著他們出門，帶著他們回到自己的家。

有一次，她送一個孩子回家，那個時常請假的孩子，左手臂的衣袖，總是沾滿兩道黑黑的平行線。她在門口大聲喊都沒有人來接，只好說聲打擾了便握著孩子的手，走進油漆斑駁褪色的青綠色鐵門內，五扇門只開了中間一扇，屋內昏暗，仍可看見前廳堆滿撿來的雜物：紙箱、推車、堆疊倒置的桌椅、塑膠置物櫃。舊物並不如塵，滿滿生活的痕跡。

往狹小通道內部，小心行走，總算聽到一點聲響。她看到孩子的母親，正看著電視，電視在她走近時色彩漸漸淡出，暗了下來，變成一片黑，只聽到電視裡的人說話的聲音。原來是一臺映像管已經壞了的電視。她和孩子的母親打了招呼，然後又看到她背後的電視漸漸明亮了起來。孩子的母親帶著些許腔調說，謝謝你老師。那個總是安靜的孩子睜著烏黑的大眼睛，跑到鐵門邊倚著鐵門看她，她看到兩扇門間的鐵柱塗上一層厚厚的黑油，她看著孩子，以及他衣服上沾染的黑油。每天，她都只能說，再見，明天見。

幼時，哥哥告訴托爾斯泰，這個世界上有一個很重要的祕密。這個祕密，就寫在一根難以尋找的小綠棒上，它被埋在山澗旁的某一個地方，只要你能解開小綠棒上的祕密，世界上就不再有貧窮，飢困，疾病；不再有憤恨、怨怒與不堪。尋找綠棒，成了幼年的他極愛的冒險遊戲。他們說，托爾斯泰終其一生都在尋找這個傳說中的小綠棒。

此刻，她也非常想知道，關於生命的所有祕密。

道德地理

她聽著母親說話。彷彿看見母親回到了八〇年代，青春靜好的三十歲，約莫她現在的年紀。母親走進了工廠，工人們正看顧著幾臺大機器，並適時加入其他原料以防枯竭。機器轟隆隆發出聲響，等待著塑膠射出成型後，做著裁切的動作。各式各樣的塑膠眼睛連結成像棋盤般的大小，正從機器上刷啦地直接落入冷水大桶裡模塑冷卻。她的工作便是將這些各式各樣圖像、立體的、平面的玩偶眼睛與鼻子，從連結的塑膠梗上一個一個用手或大剪刀摘除下來，分門別類。而那些空白的、平面的眼睛，則被依序放置在另一臺機器的孔洞裡，等待顏料印出模型上的睫毛與瞳孔。工作結束，母親獨自一人回到租屋處，洗淨自己之後，疲倦的身體讓她很快地進入夢鄉。

她聽著母親說話，想起在記憶中第一個渴望的玩偶，是鄰居家如此珍視著擺放在櫥窗內，一個穿著粉紅蕾絲洋裝，金色的頭髮上綁著緞帶的塑膠娃娃。她的眼睛會隨著身體的傾斜漸漸閉上和張開，而最令她感到驚奇且愛不釋手的原因，是她能夠一再重複他人的話語。當有人對著她說話，之後她便能模仿相同的聲調，說出一樣的句子。只須按一個按鍵便能重複再重複。年幼的她不知道為什麼一個無生命的塑膠製品能夠仿效人類的語言，她非常想要一個能夠和自己說話的娃娃，即便娃娃只是一再重複自己的話語。

過去她不曾理解這些銷售給玩具工廠的零件，是如何組織成每個孩童的心靈玩伴，因她未曾在童年時期擁有過任何一個屬於自己的娃娃。她不懂為何母親選擇到異地製造其他孩子童年的夢想，卻離開自己。

她和母親一起居住後，在她明白一些事理的成長期，母親總是一再告知她：我們是住在「借來」、「不屬於我們」的房子裡，總有一天必須要歸還，所以她一直都無法安於這樣的空間裡。她覺得自己漂浮於這樣的空間，一直都是好像擁有了卻未曾真正擁有的感覺，而這樣借來的空間，以及不知何時會被收回的期限，也使得原來正正當當歸屬於她的時間，似乎也不是安穩地掌握在自己手中。

她始終以為每棟房子所預示的「必然分離」，使得在屋子裡的她和母親都變得無法和身邊的人做緊密的鏈結，這使得她多了一份壓抑與自卑，以及一種不知自己該身在何處的無家之感。

時間空間的雙重壓縮，以及某種相對於正常時空不該有的強力扭曲，不管說什麼、做什麼、面對什麼，她總有種雙腳離地的虛浮之感。因此她極渴望在這個世界擁有一個屬於她的空間，有一個可以安定之所。

但這幾年，不論去了哪裡，在什麼關係裡，她都覺得自己始終只是個寄居者。

人類學家研究馬達加斯加，東南沿海島人，發現他們原先以河流為家鄉隱喻，為唯一認同，後來因殖民勢力的擴張，生活領域被迫遷移至城鎮，而有了各種階序的對比。解殖之後，馬路被建築，被鋪設。於是他們漸漸轉而認同馬路。那樣形成了一種由各式機制與面向交織而成的空間想像，名為「道德地理」的觀念。

「道德地理招來過去而使當代有了意義，但過去並非清楚地決定了當代，而是重新拼湊過去去想像未來。」

乘載著記憶的包袱，乘載混亂，適應一切，人生於是循著某種道路形成了，而她等待著誰帶她走過平坦之地。

電影海報

她極愛閱讀那些電影海報。

在觀看影像之前讀取那些前景：那些凝滯與暫停的時空，已經發生的場景。對演出者來說是已然經過了，對其他尚未涉入故事情節的觀者，未曾發生。也可能，永遠不會知道。僅僅獲取一個稍縱即逝，片段的印象。

海報試圖提供最為精確的訊息：不只是電影主旨，一句簡單的宣傳字語，片名的轉譯與對照。還有時間，電影的生命開始發光的時間，永不回返的那個時間。以及，背負的榮耀與質量。

最吸引她的還是那些留白：隱藏的，節制的曖昧狀態。她可以在那些空隙之間先行置放自己的想像，放大那些核心問題與情感底蘊。

怎樣揀選一段最有意義的畫面與文字，在不一樣的國度，以不一樣的海報宣傳？關於戰爭、傷害、甜蜜、憂憤、青春、愛。最好的、最惶惑的、最難以取代的焦點。

主體與人物之間的對峙和張力：他們是誰？當下那一刻，他們在凝視些什麼，背後的傷痕是什麼，他們將會說出什麼話語？過去為什麼發生，未來怎麼樣發生。

海報設計結合了色彩、光線、人物表情、姿態動作，物事的傳達，細微重疊，形成了最為戲劇性的一瞬間。

那樣融合的畫面，滲透出一種靜謐而玄祕的魅力，如同動態影像發散的醚味，我們所追尋的靈魂痲醉。懸念，迷魅。某種共感的物事，情感表述。心動或心碎。

幾乎只有在那樣的時刻，才能允許過度詮釋，允許模糊，甚至允許靜默。是的，靜默的距離。讓她再悸動的，毋寧是那樣的距離。不是跨越陌生，而是保留那些陌生。直接觀看當然是一種最奢靡的方式，但她也害怕那些疲乏、失落，無法理解，便就此告別。

也允許缺席。其中情節的完整被刻意地、永恆地遺漏了。

看一眼，她就能瞬間喚回某段時間的私我歷史，充滿皺摺的自我，時間也是，愛也是，那些零星的記憶。那樣的時間氣味與生命線索，難以回歸，難以償還，因此彌足珍貴。海報若是粗糙以對，好壞恐怕也是顯而易見。

海報有時也顯示了永不會發生的物事。

《鸛鳥踟躕》海報，那條永恆存在的國境線，邊界線。抬起右腳，像鸛鳥一樣，前方就是舉著槍的駐兵，跨過去，就是死亡。一張海報裡，裸身的男子，歡快的奔跑，越過了那條邊界線。那是電影裡沒有，但希望發生的事。

她想起電影裡那場無聲的婚禮。隔著一條河，新娘在一邊，新郎在另一邊。兩個分屬不同國界的情人，在邊界被劃分之前他們就相愛了，但他們將永遠無法在一起生活。

屏障與界線如此多重。安哲羅普洛斯要我們看見那沉默。

二〇一二年一月，僅是橫過一條馬路，另一片海，他就此沉默，美麗質地瞬間永恆。

料想不到的人生結局，就像電影海報最後的命運：撕毀、替換、被陽光晒白、乾澀碎裂，抑或在多年後被重製，收藏，或其他。仍有一份無人足以回應的空曠感，空掉的座位，沒有被填補進畫面的空白，像我們永遠抓不住那些記憶，永遠抓不住的那些謎。

試探

她差不多是以「意志」維持著她的初戀。

她喜愛過的那個男孩。其實她不知道自己是真的對他有愛情，還是只是當他是那段頹圮生活的情感寄託。男孩每周一封的書信，書寫生活與學習上的瑣事，正好撫慰了她的創痛。

她看出男孩的文字漸漸地試探著彼此情感的深度，但她不知為何總是表達不出。她有一種渴望男孩理解卻不願說出口的矛盾。來往的文字總是看似要深入內心了卻又跳開逃跑，每一次的關係就好像陌生人在增進了情誼後又突然倒退般。她不敢對他開放所有情感，也不敢讓兩人的關係更進一步。在這樣來回的試探與確認裡，男孩也逐漸感覺疲倦。

畢竟是十多歲的年輕男孩，有太多急著想要去探索的新事物。他是個能夠給予的人，卻抓不牢她的想法，不知道她到底需不需要他的給予。

記不清是誰先放棄誰，書信的來往突然終止，聽說男孩愛上了他的同班同學，是一個願意顯露悲傷的美麗女孩，他可以給她所需要的保護。

其實她不是不需要他人的擁抱與慰藉，那些傾訴與聆聽。只是她以為她過早知道了生命的荒涼，因此她需要更強悍的面對世界。她又自責於在這樣艱辛的日子裡，卻好像只有自己擁有快樂，她只是怕她的愛情和人生都太自私了。

男孩最終還是誤解了她。男孩的性格使得他必須這樣測量他人不幸的深度，像她這樣不哭不鬧不說話的女子，他無法給予他所有的溫情和保護。而另一個女孩卻願意在他面前流淚，依靠著他，因此得以在他面前擦乾眼淚，讓他看到她是如何因為有他而強壯起來。

她一直沒有忘記她的初戀。在這麼多年，那個美麗女孩已經離開男孩很久之後。她與他突然又重拾話語，又有機會能夠對彼此許諾。男孩約她出遊，卻在約會的當天，她看到臨時取消的男孩和那個美麗女孩，手牽手向她迎面走來。又一次天平的傾斜。她記起了從前男孩和他的情人多次與她在路上相遇的景況，也總是手牽著手向她走來，她躲不開他們的愛情。她看見了男孩，沒有預料她會出現的男孩，也看見了她，頓了一下，低下了頭，手卻沒有放開。突然，每一次他們的牽手，就像影像裡的回溯畫面般，一次又一次地向她展現，往她撲擊而來。

在人生裡，在愛情裡，她其實一直不要那些過於戲劇性的，過於悲傷的腳本。但總是事與願違。她告訴自己不要緊的，其實沒有那麼愁煩憂傷。

原來他也一直沒有忘記那個願意對他展露內心痛楚，後來傷透他心的女孩。所以她微笑著和男孩擦身而過，在之後的電話裡平靜地和他說再見，就決定不相見了。她在愛情裡所需要的純粹，最終不是她的初戀所能給予的。這些年來愛情關係的反覆輪迴，到她終於調整心意要接受他的情感，她所受之於他的卻僅僅是一段關係的背離。到底也不是誰放棄誰那麼容易，只是男孩最後的愛情不是給了她。

好久好久的故事了。她曾經仰賴的那道在黑暗旅途中出現的光亮，就這樣長久而靜默地待在她的心中，不再被召喚。有時候她也會想，她這樣牢牢記憶著那道光亮，也許只是在緬懷著過去那個純真的自己。愛著自己已經不再有的情懷。

畫像

每日醒來，宛若一隻無名鳥從窗外飛來，倏地夾去了她的眼珠，鳥兒倏地往他處飛去，在夜晚眠夢時再次送還那雙晶亮。

每日走往這些街道，空洞的眼眶裡，替代的物事在那裡無聲無息地滾動。於是那些習以為常的視覺符號，在日常裡隱形般，日復一日，萬事懸宕。某些想像落在真實的生活裡，反而因為過度逼近，形成一片模糊的空白。

回到家鄉之後，有次不怎麼相熟的人對她談起，從臺北暫住此地之後，一些輕而易舉的觀察，他處之眼，異鄉之眼。那些奇異。他說，他從未在自己的城市看過這副景觀。他談起，路街上騎著機車的人們，那些直挺挺立在機車前的擋風板，一輛接著一輛過去，半數以上的人們依然保留著那種對他而言，古老的，被城市生活淘汰的，透明的擋風板，還有那些擋風板上不停擺動的小雨刷。

她初聽這樣的話語，著實也感到驚奇，但她驚奇於，自己對於這副景觀幾乎視而不見，以至於當她真的重新啟動這些觀察時，立刻以得來的知識建築起她的無感與心虛。每一次她都會這樣說：大概是因為這個地區（多雨）的緣故。括弧裡隨時填滿看似確鑿無誤的原因。但她不敢說，生活在他方，其實我不怎麼明白我的家鄉。

在幼年時期不斷更換住所，從北部到南部，定居在此地後，因為求學與工作，又到了東部與西部，漂浪之女。有段時間她甚至不知道家裡的電燈開關在哪裡。當她對初識的人告知她的家鄉，時常聽到有人這樣談她：你像／不像那裡的人。如果可以，她也想正視著自己，看看那一瞬間她到底擁有了什麼樣的姿態，散發出了屬於或不屬於該地的氣質。但當她再追問那種氣質的內容時，他們又說不出所以然。只是感覺。

「只有想像的極端貧弱，才能為意在感受的旅行提供辯解。」不喜歡旅行的佩索亞這樣說，他後來的人生，幾乎沒有離開里斯本的道拉多雷斯大街。像羅馬之於費里尼，「我偏好的旅遊方式是神遊，不喜歡真正的跋涉旅行。」出生在里米尼的他找到了羅馬，「我一看到羅馬就認它為家。我是在看到它那一刻才出生的。」誰要他離開羅馬都會變成一種逼迫。源源不絕的創作能量與豐沛的想像，或許是因為他們都找到了他們的應許之地，謬思之地。

她也曾為她想像力的匱乏留下了這般的證詞：恐怕是她未曾到過其他國家旅行的

緣故。未曾遠行便沒有親近。

但也見過虛榮於不停旅遊的人們，累積的里程數，並沒有讓他們變成更好的人，更從容，也更寬容。旅行能夠充實心靈之美僅是一種託辭，抑或根本無須背負這種華麗的想像，他人的目光。只是當所有故事情節都走向雷同與似曾相識時，喜愛獵奇的我們依然會對這些熟悉感到驚動或詫異嗎？

我們還是必須回到各自的生活裡，擁有談論或不談論的權利與自由。

而她的確，仍然無法談論，在此地生活的細節，長居者一眼便能看出的，百般漏洞。她所描繪出來的圖像，虛假僵硬，僅是一種粗糙的模仿。錯根盤結的家族故事，拘謹而隱匿，仍然無法觸碰。她不明白那到底是一種過度挨近，或是過度遠離造成的緘默狀態。

宛如經過長鏡頭拍攝的生活，一張張不可近看的演員之臉。

神隱了少女

那麼多的少女哪裡去了？

交疊錯雜的光影。嘰嘎空轉的腳踏車輪，鍊子脫落在一邊。幾個少女被裝進不同的姿態，繁花似錦，散於人群。

幾雙白皙嫩勻，如小鹿般的腿，膝蓋光滑毫無皺摺。這些美麗的腿，有些只是用以經過、行踏，來來往往；有些用來展示權力，讓人懼怕，有時我們聽到膝蓋骨撞擊，從他人腹部的軟肉傳來悶悶的聲響，燒灼的鞋底，一種嬉鬧蔓延；有時不做任何聲響，像用力將小石子踩進堅硬的沙地裡般，敵意地重踏。

陽光不盡然公平地淋在某些人身上，幾個少女正準備化入成年的隊伍，全世界的眼淚，此刻一個人流光，就咬牙下定決心強韌起來，不再對幻覺感到心傷或失望，不再情感作祟，不再使用情感的語言，不為所動，往後沒有任何一滴真心的淚可以再流。

冗長的傷害，冗長的痛覺，殘忍的好人，心軟的壞人，種種種種，少女時代，所有的可能都逐漸成形。

而少女不死，只是逐漸凋零。就算將青春兩字從頭摹寫無數次，也不再擁有當初那樣魅惑世界與他人的神情。一切停緩如凝霧。

她讀過一則被文字摩擦過的傷害故事，真實生活，日常景況。如今回想還是覺得恐懼不已。

一個少女以繩索自死，也許最終陪伴她的只有一條狗，她唯一的朋友。少女懼怕人群，在學校被欺凌，無法上學。於是她在家學習，透過網路連結自己和外界的關係。一段時間之後，在網路上認識一個男孩，男孩欣賞少女的美麗，她的聰慧，她任何一句話語。她覺得那可能是她生命熄滅前唯一的回聲，最後的救贖。兩人的關係熱絡，往來頻繁。直到有一天，男孩突然說要與她絕交。

他對少女說：「這個世界沒有你，會更好。」甜言轉瞬變成刻薄語言。少女向母親哭訴求援，母親冷冷澆滅她的熱情，並且責罵她不該繼續耽溺。她轉身上樓，頓失所依地，終究毀棄了自己的生命。

滿腹罪咎的雙親，自責於自己的無感，也想要網路世界裡的男孩，為自己的傷害負起責任。

網路上，男孩資料全遭刪除，查無此人，透過重重調查，男孩原來是一個鄰居婦人與家人一同捏造的人物。

少女憂鬱敏感的心意，跟著一個不存在的杜撰人物消逝了。

也許，每一起事件都可以解讀成現今網路叢林，被俘獲的囚徒，時代的標記，顫慄的寓言。明明愛無秒差，言語隨意便能翻越好幾座山頭，如今我們卻反而無所依處，無所適從。

倘若珍貴靈魂的生滅，與任何人無關，無論是否對象確鑿，她還是不禁要追問：後來呢？後來。彈指之間，擊倒他人，有沒有人還能像她一樣記得那個，不再有面目的少女。難以忘記，那要懷抱多大的惡意，才能忘記曾經的自己。曾經的少女。

所以少女們究竟去了哪裡？明明存在此時此地，明明存在她們的氣息。如果她被允許，她要說：這個世界沒有你們，不會更好。

如果她們還願意，成為一名少女。

微信之二

穿越

像個天真的孩童般，還相信那些魔法時刻。

電影《偶然與巧合》裡失措的母親，祈禱出海遊玩，卻過了回航時間的情人與孩子，平安歸來，許下「若我在二十秒內，繞完燈塔一圈，就沒事」。

或者《敢愛就來》裡的小男孩，在病房裡守著病重的母親，單腳跳過地上的黑白瓷磚，「跳過兩格，母親的病就會好；跳過三格，她就陪我回家過生日；跳過四格，她晚上就康復」。

在那些幾乎做得到與做不到的邊緣，我們許下願望，祈禱脆弱易碎的物事永不落地。

宛若每一個時期的自己排成一長列隊伍，藏匿在自己的背後，每一種軟弱都充滿心機，每一個鬆弛的自我越來越心存僥倖，草率輕浮地將前一個自己，推擠出去。

可是那些曾經的失落與傷怨，像學著了「隔山打牛」功夫的高手，最傷重的，並非領頭的，撐持起刻意的頑強，以為自己能抵擋一切的，原初的敵手；而是躲在其後的，以為不會有事，便在那裡裝腔作勢的多餘的丑角。只能在不支倒地前，驚慌地問：「啊？為什麼是我？」

到她的每一句話都被自己翻譯成同一句為什麼，成年生活就是擠塞在上下班的人潮裡，活得像靈魂塞在一枚痛苦的錢幣，被無關的人傳來傳去。想要狂亂地跺腳踩踏自己的日常生活，欽羨他人的自由快成為一種病的時候，她就知道不行了。

每天到同一座無人的車站，走過上上下下相同的長階梯，還妄想心中有愛地去一座別的城市，召來一些屬於自己的幸福。在那些空白與空白之間，沒有行進，沒有發生，甚至沒有考慮過什麼餘生，所有心願被歸整為零。她就知道完了。她是被自己困住了。

她無法穿越那些別人對她說「等我一下」的時刻，把她獨自遺留在某個陌生之地，走開了，去接別的愛人，接一通歡快的長電話，去玩去愛了。她只能心焦地，旁觀他人關係的密貼。在原地折返跑，許下在幾秒內，跑回原點，極好的：靈魂伴侶，就會滿懷笑意迎面而來跟你說愛談情；極壞的：毀棄的家庭之親，生命遺孤之痛會在已經記不清楚的那一天，全部取消。

而命運只會口吃詞窮地說：來。

不論命運多混沌多是心頭刺，橫亙在路徑之中，造成生命的顛簸。極端的寵幸，或者被當成實驗品，測試悲慘極限。活得很好，活得差勁，精細或粗糙，它只預示：若該來，都會來。

不會告知：許下的願望，逾時作廢，沒有重來。就算擁有足以穿越時空，改變錯誤的神奇魔術，最後都是無人得利；不會告知：其實愛，多半也莫能助。不可穿越即是，不可穿越，沒有例外，沒有優待。

或許，總還可以，來不來都相同。像最初那樣天真作樂般，對世界的敵意，對瞬息生滅的情感，對那些堅硬的物事，緩慢鑿切出刻痕，即便七苦八難，塵務纏身，瘋魔作祟，再也無法得償所願，還是希望有天能自在地，踩踏在這些破碎之上。

荒山之羊

一顆小石子在鞋裡磨著腳。她就這樣在鞋底前挪後挪感受那微痛，也不停下腳將它從鞋裡倒出來。

回到家，她繞過玄關地板上那一罐一罐盛著水裝著石頭的玻璃瓶。有一些原先是雞精，一些是盛裝豆腐乳的瓶子。在家裡的各個角落擺滿了這樣的玻璃瓶。她原以為這僅是父親的蒐集癖。他將這些不知在何處撿來的石頭，裝入水龍頭流出的自來水，像實驗室裡的生物標本一樣保存起來。

她有疑問，難道父親認為時間一久，那些包覆著的液體，就能侵蝕石頭的表面，不經沖刷那些石頭就能變形或被切割，顯現出不同外在的璀璨？抑或像化石般永久被保存下來？她有疑問，她總是不停地在問為什麼為什麼。她問了，但父親什麼也沒說。看著玻璃瓶的數量一點一點增加，她只是繞過再繞過。

她開啟了家中所有走道上的日光燈，燈光照進那數以百計的玻璃瓶裡，她頓時覺得那些奇形怪狀的石頭都在玻璃瓶裡劇烈上下漂動起來，衝破瓶口一顆一顆堆疊起來，變成一條蜿蜒又刺腳的石子路。每天，它們都在等她重新開啟自己的生命。等著她赤腳走過。

父親在沙發上睡著，包裹著藏青色的毛毯，完全不見身軀。看起來就像包裹在綠葉子裡的搖籃蟲。從毯子裡伸出來一雙腳，置放在沙發把手上。她走過，瞥見，有一根頭髮絲就夾在他腳趾的細縫裡。一根黑色的細長頭髮絲垂落在他泛黃的腳底板上。那一根從她身上掉落的，而父親光著腳在屋子各處走動，不知為何無感地夾在那趾縫間。她覺得那根髮絲的一端就像刺進自己腳底的肉裡，和父親的趾縫牽引著無限延伸，越來越長，讓她走到哪裡那條黑色的絲線便一直牽牽牽著；不管她走到哪裡，他隨意一拉便能將她從天涯海角揪回來。

所以她不能去天涯海角。她不想在旅途中不斷摩擦記憶，企圖與過去或未來的自己重遇；不想每一次都把自己像行囊一樣重整。她可能患了移動無感症。

她沒有感覺。

那些不同地區的空間時間感，對她而言就像用力揉碎一張地圖般，不再獲得什麼不同以往的想像。她也想要像詩人韓波般追問：「你認為我能否找到一個願意和我一同旅行的人？」但是，她知道，至少她自己，不是到遠方去，關於生命的所有疑問就能獲得解答。

無論是性格上的節制或惰性；能力的不足或經濟上的拮据；抑或是對任何事物已經習慣保持距離。無論她剛剛訴說的異國言語，是 I'M FINE 抑或 ON FIRE，她覺得任何錯譯錯待都無所謂了。

再也沒有人會走艱難的路只為尋回她，荒山的迷羊。

她的行旅只想祈求自我的安處，而非他人的視線。倘若多少情事都不再能觸動她。時常重複感到淡漠，繁瑣與鬱悶，漸漸習以為常。因此不再渴望，移動遷移的旅程，帶來的甜蜜，或折磨。

一語成讖

所有寫作情節與真實生活的擬似都是無償的。想像過多少次偶然與巧合的小說家或許也難免心中一驚。

安哲羅普洛斯曾在訪談裡說：「如果死亡能有選擇，我願死在電影拍攝途中。」一語成讖。生命無可預測的堤防，被後見的預言擊潰。預言也許傳達了某種神祕，指涉了深意。但他說的是我願意，而非我必須。

不如往常只是幾座絆倒行進的坑洞，拍拍灰塵爬起來。生命沙丘猛然陷落，就隨之下墜消逝，那些宛若藝術般精緻的傷口，無法再作為想像的材料。與過去的死者相同，在沙丘之下仍舊是深不見底的荒涼界域，並且，永不復原。

讖言，多半作用在眼看他樓塌了，所有物事皆失效的瞬間。在那樣最後的語言中，留存者苦苦逼問自己到底聽懂了什麼。有時那樣生命終結的選擇，是交由命運，有時是交由自己，卻不得不冷待著不期而至的黑暗。那些即將發生的事。

而命運的隱語與巫言，無法不成為一種連帶的倒映：在屬於他人的鏡子裡，看見自己未來的容貌。

她所信慕的，幾個過早進入成年生活的寫作女子，就算在她們最早期的故事裡，也難以感受稚幼的童女情思。成熟細膩在文字裡伏流，行旋在溫柔與暴烈之間：靜靜的暴烈，激狂的溫柔，輕微與熱烈，內底相近，只是成分多寡不同。

在她們的生命路徑中，曝光圍困的情事發生，選項被封堵，無可求援。其後是頑強的寂靜，誰也不能替換誰，帶著刺穿的箭頭一起生活。沒有什麼非說不可的話語，也沒有什麼需要辯解的話語。如果最後只能潑出冰冷，寧願像失去一生摯愛般，禁抑且空虛地活著。所有生命的優待都變得極為刺眼。

沒有用，所有的一切都沒有用。就算狂暴地敲破所有窺視的玻璃窗。浮沉於生命裡所有的細節，走到人生的中途，等待愛恨怨憎的攪亂，逾時作廢，清明又精細的她們還是只能將靜默演繹得好透澈。

既然獻祭身殉是個人的事，緩慢毀棄自然也是個人的事。

她們重複地寫：又何必輕言。又何必輕言愛。從賭氣：「不需要每個人，只要相愛的人」，到「不再愛任何人，也不想被任何人所愛」，這中間的路途需要什麼程度的傷口？

愛或不愛的自我辯論，其實都是：沒有一天不想到愛。

見證過生命的破碎之後，幾個寫作女子或許不再寫作。在寫作的軌道裡，因著世上的惡俗與對生活的無用給擠逼出去，傷害如麻，萬年飄移。

她們在當初寫作的土地上留下深刻的靈魂之印，繞了一大段長路，有人重新又找到那樣的銘印。重回故土，有人憐惜，虔拜。有人就此在命運的轉折處，挖出謬思的種子，背離，止息。或者只是稍稍回轉，再看一眼，就走了。

她已經明白小說家所說：「寫作是我的預言與咒詛。」那些義無反顧以自死實現自我讖言者，做為一個靜默生命的見證者，痛苦的餘波難免再度襲來。

再也不要任何人來背負那些罪咎。再也不要那些痛楚充滿自己。她最後選擇相信其他故事裡的這樣一句話：「是他的疲憊，突然把他和他人的關係當作媒介，直向死亡驅策而去。」

有時，孤寂驚擾，心灰意冷，不免透露：「四周的燈火漸漸熄滅了。」想起他人那一些已成讖言，無法數算的傷口。還是趕緊告訴自己：「很安全，很安全。」

聽寫

學習日語時，除了不斷背誦單字外，她最常做的訓練便是將所聽到的句子在了解意群，不斷複述後，一句句聽寫、拼寫。當屬於音頻的話語被轉換成書面上的文句時，許多在聽力、字彙、語法，甚至記憶上的錯誤，總總語言中最細微末節的問題便會被暴露與記錄下來。

要發出正確的音是多麼困難，要聽寫下正確的意思常常使她感到語言的複雜，也明白了世上有許多不在相同的語境便不能完全理解的事。那必須依靠長年在地的累積與約定俗成的默契。她卻總是想得太多，說得太少，缺乏標準而正確的表達能力。即便了解了這樣的原理，反覆練習，並且學習了這麼多年，卻始終不覺得自己將這個語言完全掌握，變得上手流利，彷彿永遠有一層障礙隔絕在言語與文字之間。

也有過描述自身和周遭時，只能使用主詞「我」，而非「我們」的日子。隨意任過往的記憶與歷史被流動的時間掩蓋，成為不為人知的細瑣而微小的話語。在綴集時間，拼湊記憶之後，就這樣不明所以地將日子寫下來，而這其中也許曾抹殺或者壓抑了什麼。

如同她太想聽清楚弄明白生命的本質，願意聽取所愛的人的話語，設身處地，甚至找出隱藏於其後的意涵，只是那些姿態、對話種種的細節所呈現的物事；那些稚幼且微小的私歷史的記載，也許在聆聽與書寫的空隙中早已變質，抑或流失了真實，並不能全然坦率而誠實地呈現或洩漏什麼情感。

在聽與寫的距離之間，她無法模倣所有；但何時才能不用隔著什麼，聆聽他人與自己真正的聲音？而時常是，同樣的語境，明白了，卻依然同樣的寂寞。

錄影帶時光

她曾經對於同代人的指稱感到十分迷惑。那樣的標籤，究竟涵蓋了哪一段時間？傳達了什麼模糊卻又具體的共同情感？那會是負載著一整個世代的養分，同時，也承接著一整個世代的無趣嗎？撕黏那樣無法徹底婉拒的純白標籤後，是否殘存的碎紙與黏膠，依舊會在什麼時刻，在哪一道時代的牆上，哪一頁寫真記事裡，對她起作用？

當他們談論那些屬於同代的記憶時，一步之遙，恐怕就到達不了歡笑話語的浪尖。即便她也有年輕時代瞬間過去，在話語之間四處散布的驚慌，但總是，若無法存在於故事最初的背景裡，個人情感便會被無限的推遲了。

想想，她的確沒看過那些隸屬同年級，童年歲月的卡通影片，自然不會哼唱那些當時耳熟能詳的主題曲，就算會，也是其後的懷舊流行，在後來的時間裡反覆在人們口中學會的。

她出生時，八〇年代正好是個開端。知識青年口中拘謹啟蒙的時代，對她而言太早又太短。在八〇年代末與九〇年代的接續之間，那時的他們是不是已經在都會的密閉房間裡，看過一遍又一遍，不變的楚浮與高達。李歐・卡霍、尚—賈克・貝內、盧・貝松、大衛・林區、文・溫德斯、葛斯・范・桑。許許多多那些她後來在不同時空認識的名字。她弄不清那些讓他們嶄露頭角或是成為生涯代表作的電影，是否已經在那樣的時代，紛紛飄洋過海，來到渴求情感與知識的臺灣城市青年面前。如今那樣的脈絡太長太複雜，蒙昧散漫如她，也沒有心力去重新檢視了。

到她能稍稍理解時代的痕跡時，已經跳接到九〇年代。錄影帶店林立，她所處的小鎮上也有一家：窄隘的空間，一樓擺放新進或熱門的影片，二樓的陡梯上去，是一些卡通影片與其他。裡面尚存一個年齡與性別都被限制的禁步空間。

她總在放學之後，一個人，沒有邀集同伴的，去租那一部部的錄影帶。那時盛行的香港電影裡，無厘頭還只是無厘頭，不是後來的諷刺經典。神乎其技的賭神系列，對童稚的她如魔術般的戲法。也看喜劇國片。還有日本卡通：如已隨時代更名的《小叮噹》；高橋留美子的《亂馬1／2》，著迷於其中變身的趣味，也不會明白後來藉以析論的性別雙身的意義。

她只是在歸還的期限內，再次倒帶，重複播放那些片段。那段快樂的錄影帶時光，勢必也就遮掩了當時電視上流行的一切，那些即時被認領的集體記憶。

彼時，她以為錄影帶是獨自生產出來的，陪伴人們消磨時間的物事。她還未曾走進電影院，不明白當時所謂的錄影帶，是從螢幕裡即刻接收的影像訊息，漸漸退下來的延遲過期的後製品，它們的存在也並非依存在同一段時光的回聲中。而她的記憶就蟄伏在那些物件與物件的時差之中，像是對那些延遲時刻的補述。

只是那樣參差跳躍某段時間的形式，一直存在於她的生命裡，甚至在她的表達裡。不只是物質的（跳過了 BBcall，電子雞、Walkman，後來的 CD Player）；也是情感的：那種獨自一人的孤寂，也跟著這樣保存了下來。

某些時候難免，無法連接，也無法對上他人的記憶，像個錄影帶裡消磁的雜訊，急於被略過；或是一個在每部電影間走走停停，來路不明的幽靈人物，出現了卻永遠列不上名。

與世界為情敵

已經不能再恐懼：將最難逝滅的意志、最良善的德行，當作禮物，全部贈予同一件事，同一個人。

已經這樣決定：儘管被時間的空轉催老，讓我執一而再地釘鈎內裡，也還是會毫無顧念地，靜靜等待命運的約見。最後一切終會被彌償吧，最終還能再次生還吧。為此，可以賭徒般隨意一把，便將僅有的生命籌碼完全擲散。她只是想要一份自己曾經被珍視著的記憶；只是渴望那些在現實中壞毀的，總有一天，能夠在想像裡，一一復原。

這是她的交換，也是她的結界。從此專注於同一件事，同一個人。她起誓，便能無可隱藏地，將日常愚行，示之眾人，恍惚地將自己流放在現實世界裡；她起誓，即使走著無果之路，也不放棄，她不會一個人被留在原地。

她也曾反覆度日，度過這樣的勞作儀式：小心翼翼地在鍵盤上敲打出字句，精算每種偶然與巧合，應該顯露的內心梯度，那些重複行徑，那些暗喻與指涉，試圖掩蓋每一次的自我懷疑。而那一根根觸彈內裡的手指，卻總在生活裡戳出深洞來。這多半是因為，在他處承接，並且無可自拔的苦痛團塊，已經做為一種誠實的告白時時砸往自己。

她以為能夠在書寫裡再造知己，在知己裡再造愛。即使為他人所棄，也還能頂著窩囊廢材的光環，而被同類寵溺著。而其他物事，她就不知怎麼總是不得要領。他人眼裡畢竟閃過責難，也曾啞然她不知好歹，絲毫不懂人情世故。是的，她的確不懂。但，總是不可逆轉那些負欠到了為難的地步，她才開始在乎起來。

還沒有人發現她只是個孩子。冗長的哀愁，冗長的索愛。她以偽裝的成人之姿捲入了佩索亞所說的「孩子式的孤獨」，她必須這樣解釋自己。因為害羞與尷尬，縫合不了思維的斷裂，掌握不住言語的精確，到不了位，她總話不成話，話不像話。她揉製自己成為一個不受青睞，攬笑度日的諧星，無節度地浪擲臉面。

那時，她在生活裡顯露的姿態，像是用手壓著一頂極為醜陋的帽子，安撫著自己都承受不了的腦袋，左閃右跳地做著滑稽乞笑的動作。

她才理解她與成年生活如何地格格不入，便咬牙乾脆地，行走的腳被莫名絆倒，在空椅上突然跌下，以自棄的笑哏與諢話，以剩餘不多的溫情取悅他人。困窘時打哈哈，就真的成了一種自願式的作戲，將那些惡質冷待全都消化殆盡，滑過腸道，成為待排解的廢料。

賣傻瘋魔，悲喜同流，將他人目光、自我感受稀釋到最低最底，藉此佯裝：不在乎，不後悔，不懷歉。

即使生活終究成了賴活。日復一日，鍛鍊心腸成鐵石，被怎樣對待都可以，直到不再為偶有的好事絲絲驚動。然而，總有那麼不夠自持的一瞬間，只是預習什麼都已經發生，預知什麼都不再發生，僅止於此，就足以致命地淚流一整夜。

直到那些熱鬧的傷口開始一點一滴地粉她的身，掩蓋她的真實存在。終究，她會發現自己還有想再寫下去的字句，還有奮不顧身想要傳達的心意。雖然有時，也不免察覺了惘惘地威脅：宛若在幻景中，一個踉蹌地吻上了妍美眩惑，人皆戀慕的明星。一覺醒來，與世界為情敵，再也無可轉圜。

明明

烈日之下。排成方陣的學生，揮汗如雨。司令臺上總有什麼人無止盡的叨絮。就是在這樣些許躁動煩悶的時刻，一種令她感到困擾的頑皮遊戲就會在她眼前發生。

一個孩子伸出一隻手，去碰觸、戳點、拍打前方那些背對者，在他們轉身的瞬間，規規矩矩，裝作什麼事情都沒有發生。有時來回的捉弄，前方的孩子不耐煩地瞪視，試圖辨識出捉弄者。孩子故意惡作劇指稱他人，被指稱的人只好搖頭否認。但某些窄氣度的孩子，執意要追問主事者，甚或誤解自己，這時那些小小的遊戲就會令她感到非常厭膩。

不是你，那麼到底是誰？無法說明，不言不語，那麼就一定是你。

年幼的她是個極敏感的孩子，面對這種夾縫中的處境，她極容易放大那些尷尬。嘻嘻鬧鬧抑或指認出賣？難以抉擇，難以輕輕鬆鬆帶過去，像打了一個契訶夫式的噴嚏，小事傷人，急於解釋，將簡單的事變得複雜。她無法忍受被誤解，無法忍受他人諉過，但也不想無端捲入無聊爭戰。盡可能逃躲人群，變得嚴肅，無趣且過期，慣於被他人略過。

明明不是這樣。但是，沒有物事明明確確被減損，因此不會有人向她致歉。不會有人感到她的痛楚，這是不值得痛楚的，一件小事。

青春稚氣過去了之後，進入了成年生活。其後，仍然有二擇一的難題不斷顯現，投擲到現實裡。要不傷害他人，要不自己吞落苦澀。她幾乎只選擇靜默，偶爾聽見碎語，歪斜的事實。一些事件外圍的陌生人重新檢視她的優劣，以非常熟識的語氣談論她。挖掘考古那些難堪，直到見骨，直到變成公眾財產。像牙醫檢查，以極隱私的方式告知你哪裡有缺陷哪裡應該被修補。

一天在診療椅上，該是極為淡漠的她，因為一句溫情的「怎麼了？」，居然莫名流下淚來，一發不可收拾。

人生有太多類似時刻，私我歷史與生命細節，因為不願意暴露在他人目光下，隨著眾多的誤解逐漸變質成人生的委屈。

但她還是學習著進入智識而非情感的建築，在那些先行研究中，翻找問題意識，進行文字辯證，戴上研究者的面具，將生命的灼熱傾注在文本詮釋裡，閱讀一篇又一篇的論文參考資料，忘卻那些為人誤解的不適。

析論那些風格獨具的電影導演，他們慣用的鏡頭美學與電影語言。當重複的光影與物事變成一種謎面，她在其中苦苦追尋那些隱密的線索，到底埋藏了什麼意義的沙金。

在一篇王家衛的訪談中，他談論自己的電影：那些狹小景深，狹小場景，Y Angle。他說，為了解決拍攝時遇到的困境，某些風格不見得是有意為之，而是在拍攝的過程中漸漸成形。已經變成獨有風格的美學手法，幾乎是配合著香港稠密與窄隘的空間。

幾部電影裡，反覆出現的金髮，大家總追問著那是否隱喻了香港的認同？他說，林青霞的金髮的確是特別訂做；而莫文蔚那時就是金髮；至於金城武的金髮，是拍攝到一半時，有一天告訴他，他的頭髮不得已要染成金色。

王家衛說，「不是我喜歡金髮，是沒辦法。拍電影時會碰到很多荒謬的事，你沒辦法解釋的……然後，你要自己去找一些理由，讓它變得合理。」

原來多是奠基在真實景況的誤解，毀棄，自我重建。但電影的惆悵與美麗，還是永遠在那裡。

別一種人

越來越像個背著厚重冰塊的小販。步履艱難地爬上一階又一階狹長陰暗，扶手老舊的樓梯。到那些大門閉緊的住家去按長長的門鈴，挨家挨戶送冰塊。便在那段渾身溼透，又熱又冷又沉重的等待時間中，賭一個接受或拒絕的可能。

在所有表現形式皆已用盡的時代裡，她的確來得太遲。在不被看重的細節裡，同中求異，異中求同。他人目光依然時時獵奇，動輒叫嚷。她卻獨愛為時已晚的缺憾之美。為時已晚。她寧可萬事緩慢擱淺，埋在沙裡的閱讀、觀影與書寫。

宛若藝術家石晉華的走筆行動，化身成一個走筆的人，反覆將鉛筆寫在一張寬大的白牆，來回走動，讓石墨摩擦著牆面，直到筆心的盡頭。在這樣一場持續多年的儀式中，反覆的行為藝術變成了強烈的哲學命題，抵抗苦痛，抵抗惡質。

與這樣的哲思或許無關。她問自己：如果是一條不對勁的線，讓人挫敗的線，她也能像這樣堅定不斷地走下去嗎？

記得，約是將要學寫字的年紀，她對一切都感到好奇。有一次想沿著家中走道邊走邊用鉛筆畫一條很長很長的直線，只是彎彎曲曲還未畫到牆壁終端，便被從廚房走出的祖母逮到，鉛筆被取走，嚴厲地責罵，懲罰她將所畫的線用橡皮擦一點一點擦掉。

於是她學習到，即便只是一條直線，為了滿足自己的想像與快樂，總是需要花費比畫一條直線還長的時間，消除痕跡與過錯。

小說家在文章裡談起生活裡「多餘的情感」是如何困擾自己。使她想起九一一事件裡的悲傷故事：一個十歲小男孩認為紐約世貿中心之所以遭受攻擊都是他的責任，他為日益加深的罪惡感所苦，身體承受著不由得的抽搐。他認為恐怖事件之所以發生，一切只肇因於：他當天沒有站在斑馬線的白色標誌上。

她難過於一個小男孩的個人歷史就此改變，日日飽受心理折磨，就為了他沒有站在他認為正確的位置上，他永遠重複記著犯錯的那一天。

她的生命裡充斥著同樣的多餘與重複，時間的延遲，說不來的那些話，下不了筆的書寫，記憶的斷層與漏洞想必比她想像得更壞，更減滅；曾經犯過的錯，想必也更罪疚。

在她不再重視與相信的言語之間，細微地產生了縫隙，而那些縫細無意地動搖了她言談裡的小細節，使得她多多少少顯露出些許矛盾，以及每一次回答他人疑問時的微小差異。

即便如此，她希望自己還是個誠實的女子；希望她所觸動他人內心情感的，並非她將自己的人生細節說得多麼透澈，多麼有邏輯，像精細的小說情節，或是堅不可摧的藝術品；而是那些曾經最接近她深點，最本色的，有漏洞又矛盾的非編排非理性的告白。雖然她相信，最深的情感是不知如何言說也無可言說的。

那會是在世上，一個微小的寫作女子，最終的言語和姿態。

那年，魯迅從藝術家的版畫裡，發現了「別一種人」，慘澹卻真實的生命模型。只懂炫技，只懂得隨意傾倒時代的養分，而不再有觸動人心的一點真情，生命的實感，不是她想成為的那一種人。但若能對艱難展開拒絕的手勢，不用偽裝萬事無憂，天氣晴朗，也想要變得更好，更幸福，而不是被藝術模刻的別一種人。

於是引用梵谷說的：我也需要家和朋友。我並不是消防柱，或路燈。

續，天亮前的戀愛故事

她在自己的筆記裡，以她代我，寫作自己，與周身的故事。那是一種書寫者為了維持自身的清明，刻意保持的情感距離；抑或是，對於他人目光，展示般的演出作態？自我意識，自我解釋，將一切偽裝成遙遠的故事，與我幾乎無關。因此，那些細節便能一一清楚描繪，不論它變得多麼醜陋或不堪。這樣被訴說出來的話語，被寫下的字句，能夠被劃分為過於誠實，還是過於不誠實呢？

她似乎不是那種無畏直陳的人。不寫日記，不寫網誌，私人的公開的生活情景，她都不要被挨近，加密再加密。她相信那勢必減損了她與他人的親密，因為她習慣繞開，過於緊繃。因此，在情感上她是徹徹底底的生手。

與情人擁抱的滋味，是不是就如同被親人抱在懷裡的滋味？那一種溢滿的情感。兩者，她都未曾經歷。佩索亞說：當我是一個孩子時，把我抱過去的人，實際上沒有把我抱到他們的心頭。

不是每個人都能恣意使用某些詞句，一些甜膩。因此她刻意離開她自己，害怕那些真實會減損他們對她莫名的喜愛（倘若她真的有人能喜愛）。即便他們在那些隱藏的字句中明明白白看見她，她也無法回答出讓他們點頭稱是的答案。那種喜愛對她而言就像前世恍惚零星的記憶，而她早已放棄與誰相認。

幼年生活的傷口，都在成年時長成肉眼難以察覺的刺與芽。即便在她最淺薄卑微的夢境裡，她都還不能成為誰的心上所愛。

她常常覺得自己活在幾道牆的夾縫裡，時代的年歲的，離群體的隊伍多麼遙遠，她搞不清楚那些邊界的距離，以至於時常撞得頭破血流，那些界線到底多繁密，肯不肯再給她一點寬裕？

黃碧雲又寫：「他貼著軟的牆。你知道的，有人被離棄得多，有人像我，所貼近的只是一度隔開所有的牆。」

所以她不敢說，來找我吧，來找這個夾縫裡的孩子。

沉且，情感非常詭譎。難道不會在某天醒來之後，層積的生活之累突然全都重壓在身上，發現時間過去，自己已經不在愛情裡迷離，曾經目眩神迷的，如今化為沒有知覺沒有情感的物事，從而必須再次辨識一個人，與他那些曾經使你沉醉的性情質地，愛戀只在遠處。而你完全不記得自己正處於什麼樣的故事；正要訴說的是什麼樣的故事，只希望悲傷得難以承接的部分，永遠不要在生活裡顯現。像預言一樣成讖地顯現。

而她現在，的確為了你寫片思談深底。從那些俗氛中解放自我禁抑的意志。總是會有一個這樣的人，讓你傻傻地到荒島去種一棵樹。就盼著你漂流到此地時，有一棵樹能夠遮蔽，甚至柴燒。

一生只為了一個人，不可能，但可不可以？

安哲羅普洛斯坐在公車上，看著一個小男孩在對街即興胡亂跳起舞來，而他發現，隔著一條街，另一個小男孩正與他相對地跳著回應的舞。無聲地，他在他們之間看見一條河。那場景多麼美，怎麼可能不動情，他甚至將它轉換成電影裡的一幕戲。

她之所以引用那麼多閱讀過的詞句，的確是，希望你能從中提領出自己的靈魂，在天完全亮開之前，與她跳一場相對應之舞。也許，她會貼緊你的頸項，輕聲向你訴說，或許已經能用自己的話語，或許再借一句：「帶我走吧，我們倆的不幸也許能創造出某種幸福。」

空椅

挪

來到這裡代課。小鎮南端。一個年級三個班，一班二十人的海濱中學。四月至六月，正職老師請了產假，將誕下第二胎。四招之後仍找不到老師，於是沒有教師執照的玲於被短期應聘。

三年級學生的志願校早已分發完畢，最後的例行考試也結束了。還在拚末代基測的學生被抽離原來的班級，集中到同一間教室。

炎熱五月，畢業前夕，總拖帶著疲倦、離愁、解脫、期盼種種情緒，有一種被壓抑的騷動像燒灼的氣流一樣，環繞在四周。

除了二年級還要教課，三年級上午的課，多半是自習時間。剩下十多個男女學生，伴著頭頂風扇、樹上蟬叫和近處海潮聲，或趴睡，或細語。在校生加緊時間吹奏直笛，練唱終年不改的畢業驪歌：放心去飛，勇敢地揮別。

玲於坐在教室後面，偶爾看書或是看著學生的腦袋，有時將目光投向窗外。咖啡色木頭窗框，些許髒汙的透明窗戶，看出去，只有溼漉的洗手臺，對面灰色的三層建築，紅磚屋瓦。

一周十五節課。一節四十五分鐘。課與課的空隙，她就走到這條廊道的尾端眺望海浪，還不習慣輪船的響亮汽笛，時常因驚嚇尋找聲音的來源。

然後是中午休息時間，長長的校園散步。幾間因少子化而廢棄的教室、小賣部、文史室，內外積滿灰塵。連門把都不再有人碰觸的黑暗邊間，像小小的深海洞窟。

洗手間牆面手繪著巨大鯨豚。每條廊間的大面牆上，轉角的梁柱，掛著教導學生辨識魚種的圖案：藍豬齒魚、大口湯鯉、康麥爾擬鯖、浪人鰺……陌生的學俗名、身世資料、食用價值。這些海魚圖，被編號，印在黑色的紙板上，側面示人，被破損塑膠片壓蓋著，發出同一種螢光青，終生朝著同一方向，靜止在那裡。

玲於看著那些畫裡的魚，從口袋裡拿出刻意攜帶的相機，想要拍下它們。對準，按下快門，過於敏銳的相機，畫面停止，紅字浮現問：是否有人眨了眼？是、否？要她選。景框世界裡眨眼是不被允許的。

她握著相機，再走近一點看著那隻魚，魚眼不動看著她。這麼問彷彿那些畫框魚的生命，突然活過來一樣。但魚或活或死，都是無法眨眼的。不可能。她用力按下了否。

周五，上午連續兩節三年級的課，兩個小時後才有一節二年級的課，一小時僅一班的公車，站牌在走下山十五分鐘魚市場旁，精算過後，多餘的時間她就留在校園打發。

玲於走出教師辦公室，走下階梯，操場與戶外籃球場中間通道，兩根生鏽鐵柱上貼著「禁止吸菸」的標誌，連結一根低矮繩索，走過近三米扶桑花牆，便走出了校園界疇。

再一條橫向機車通行的柏油小路，沿岸鵝卵石人行步道，爬上長直水泥堤岸，立牌標示出所在位置：N27.19105。一周兩次，她坐在堤岸上吃食早餐剩下的麵包和咖啡，就解決午餐。

小小陸連島，她沿著石礫海邊一直走，前方一個約學齡前的小男孩，穿著一件過長的黃色雨衣。雨衣的下襬與腰側，破了幾個小洞。沒有戴上雨帽，頭髮有點長，流了點汗，黏在脖子上。他向上收起一些下襬，露出一雙藍色膠鞋。向前跑去，停在短褲男子右方，放下下襬，輕輕地拉了一下他的衣袖，很快便放開。男子原本低著頭，只是稍稍往旁看他一眼。

玲於在他們的後方，聽到小男孩怯生生地說：爸爸，我真的好想要一件新的雨衣。

再望了他們一眼，小男孩的表情像是一種溢出的物事，來不及反應便被凝固在那裡。玲於沒有聽見任何回答，他們只是繼續沿著海邊向前走。

⋆

下了課，就結束一種身分。時間限定的身分與居留。

研究所畢業那年，正巧碰上金融海嘯，玲於總是敲著一扇又一扇的門，行禮如儀地，偶爾因為機會過於稀少而顯得膽怯唯諾，在那些房間洞窟裡，她與此生通常不會再見的幾人會面。獨留在陌生封閉的地方，填寫著紙張上的各式考題。有人進來，問了問題，她提醒著自己像個成人般回應。當他們看著玲於的時候，玲於也在看著他們，眼睛，神情，姿態。道謝道別。走出去。腳步軟弱起來。

她在大學時修習了四年日語，走在街道上突然想起語詞「中途半端」（ちゅうとはんぱ），這些日文漢字竟在此刻極精確地形容著她的生活，她的性情。不管她做什麼，走哪一條路，她總是在中途，走不到底。明天醒來還是在原地的恐懼感淹沒了她曾有的強壯。

今天上午的課結束，玲於便坐在那位正職老師的位置上，改著課堂的小考考卷或作文。小心翼翼伸長雙腳，座位底下塞著手作的心形紙板，寫著對老師的生產祝賀。

有個瘦弱男孩每節下課，什麼也沒說，走進教師辦公室，拉開椅子，坐得直挺挺，補寫著某一科的考卷，一直到中午用餐音樂響起，他還在寫著。原來在辦公室的幾位老師，回到導生班，和學生一起吃著營養午餐。玲於從自己的包包裡拿出三明治，想著是不是要告訴他先回去用餐。

玲於看著他低下頭，面生的側臉，他不是她正在教導的學生，而她也不能成為他真正的老師。單單三個月，對學生和其他老師而言，玲於都是暫代而模糊的存在。還好他後來交了卷，起身將木椅收進大桌子下。

玲於咬了一口三明治，看著那張空椅，想起她和學姊的日常相連，重疊的，也僅有那兩個月的時間。

緣是回家太遠，她又找了校內教授的國科會助理工作，便先申請了暑期住宿，延長一些時間。兩人一間的研究生宿舍。她住原間，同房室友確定可以畢業後，學期結束就搬離，床位空了。為了集中管理，舍監只提醒有另一位申請者將住進來。

一天下午，待玲於從圖書館回到房間時，沒有人，衣櫃上平放拆開摺疊好的紙箱。桌上有幾枝筆，幾疊貼著密密麻麻色紙標籤的書。一個紅橙黃綠藍白都已經完全填滿歸位的魔術方塊。桌子上面架著木床，往上鋪的爬梯空隙放著盥洗用具，一個單人用小電鍋，床板邊用衣架懸著一條溼溼的毛巾，椅背上披著一件紫色薄針織外套。

玲於並不是第一次見學姊。學姊總是穿著同一雙鞋。平底，皮面，顏色是接近黑的深藍色，外圍圈一點銀色的鑲邊。或許鞋底的防滑紋已經有點平，鞋口又淺，因此，走路的時候，有點遲疑。偶爾會停下來，將腳跟向後挪動著。

在學校的小吃部，也總選擇兩人式餐桌，獨自坐在靠著牆面的椅子，點完餐後，便站起身來，將另一頭的椅子輕輕收攏進桌下。玲於有幾次看見，沒有問答，有人便在學姊眼前直接而粗魯地將那張椅子移走。

學姊敲了半掩的門，玲於看到向她走來的那雙鞋，停在門口。學姊點點頭說，你好，外面下雨了。靜靜地脫下襪子，換上室內鞋，揉了手中的報紙，弄成紙團，拿到門外塞進鞋子裡，將鞋靠櫃垂直立著。

互相介紹了姓名與科系。學姊發現兩人的名字發音太過相近，試著叫過對方，卻好像一邊叫著自己，聽來有些尷尬。便決定互稱學姊、學妹。左往右往，於是就覺得認識了。

＊

玲於已習慣被施以任何自來的身分。高中的時候，玲於的父親決定再婚，新妻帶來了一個新的妹妹。妹妹的前額鋪著厚重瀏海，平整短髮。第一次見面時，總是用手輕壓著瀏海，幾乎要蓋住她和繼母相似的杏仁眼眸。她穿著白紋底紅色圓點的棉質洋裝，越看越像靶心，非常鮮跳，總之是天真的。站在旁邊的繼母試圖勾住她的手臂，讓她叫人，玲於看見她輕扭了一下便脫開，薄薄的嘴唇蚊聲說，你好。玲於也回說，你好。

玲於不知道這樣的對話應該怎麼繼續行進。是不是應該握一握或拍一拍彼此的手，輕聲安慰：現在有我們。但又覺得自己不能保證。誰都是初來乍到的新手，為了尋找生活的各種可能而結合，不論生活會變得更好，或更壞。顯現在眼前的機會，也不過這丁點而已。父親一句你們去玩吧。玲於不覺得自己有辦法回應他的期待。

可以給我你的手機號碼嗎？玲於說。

妹妹的表情，像是一個忘記東西的孩子，卻不知道什麼時候遺失了，充滿疑惑。

家裡只有兩間房間，兩張床。原來玲於的房間再搬來一個父親用過的書桌，能夠走動的位置變得更小。玲於和妹妹必須共用同一個空間，睡在同一張床上。

一躺下，便成了生活。絲絲縷縷，方方面面，就要開始共同承接。第一天兩人都不習慣。蓋一張棉被，拿它堵了兩人間的縫隙，在床中間，各自用手臂抵靠著，深怕碰觸到對方。

玲於整個夜裡不敢亂動，無法伸展，感覺自己被某種物事包縛住。妹妹也沒能翻身，深夜裡，很輕很輕的動作，但玲於感覺到了床鋪的動靜，妹妹睡在外側的身體一點一點地往外挪開。第二天、第三天還是能夠感覺那挪開。玲於想那一點點的位置，大概就是她們「總有一天」的緩衝時間吧。

她們都學會用同一種方式讓自己在這個新的家庭裡安靜下來：聽得很多，少談自己。知道怎麼說話，怎麼不說。玲於本就是個容易讓步，也容易妥協之人。讓話總是就這樣說過去，並不覺得有誰會認真傾聽。妹妹與繼母卻時常重複地對不上話，問問題時總是會多那麼幾句，於是妹妹有時會如此回應：我剛剛不是已經說過了嗎。或是：我剛剛不是已經解釋過了嗎。

而後來，妹妹最常對玲於的提問回答：我覺得還好；或是：沒有我想像中有趣。

晚上玲於讀書，偶爾妹妹會在房裡玩跳棋。一個人，不邀集，也沒有遵守任何規則，妹妹總隨意讓各色棋子跳躍過歪曲的空格，跳躍過歪曲的時光，彼此靠在一起。那樣的獨自亂玩一度令玲於羨慕。或許她們都明白，機會或命運，不到某些時候誰也弄不清是不是餽贈。棋盤上棋子叩叩敲著，誰跳著跳著就陷落了，或落單了，沒人說得準。

其後，父親和繼母決定搬到一間較大坪數的房子。要去簽約的前一天，玲於從房裡走出來，父親站在門口，笑笑地對她說，也有你的房間喔。她站在原地，瞬時所有語言都逸散而去。第一次明白：她只是跟著家庭隊伍行進著，自己卻不知道「我」到底去了哪裡？彷彿她現在不是從這個房間，這道門離開的。

玲於和妹妹一起整理舊房間。把一切不需要的東西都分類裝進垃圾袋裡。妹妹數度在她只是碰觸物品，還在考慮時就出聲問玲於：那個，你要直接丟掉嗎？她疑惑問：幹麼這麼緊張，我還沒有決定要不要丟啊？妹妹把她書桌上的小玩偶，一個一個放進紙箱，也沒看玲於，只是說，感覺你轉眼間就會把東西全丟掉了。

長條形的屋子，配合窄小的走道搭建的房間，一格一格，像透明的攜帶型藥盒，他們是住在裡面的藥丸，被星期一與星期二隔開。

新房間裡的光太亮了，把灰塵照得好明顯。搬得其實沒有很遠，但玲於偶爾睡醒時會想要回到過去的家。

玲於考上大學離開家，妹妹沒有考上理想學校，決定先住在家裡，上重考補習班。一東一西，兩人傳送少少的簡訊。總是這幾句往返：你那邊還好嗎？沒事。家裡面還好嗎？還好。Line 流行了之後又交換 Line，但沒什麼共通的話題。她們已經有各自的成年生活。玲於有時感覺自己只是妹妹買新貼圖時的測試對象。

＊

那麼，玲於和學姊過的算不算另一種家居體驗：一天又一天，知曉彼此每一種生活選擇，並且也選擇生活在其中。熱天午後蒸騰而交雜的汗味。學姊身上的肥皂香與柑橘味乳液面霜。學姊不習慣的走路姿態，但為了玲於刻意放輕，抬起腳跟，塑膠鞋底摩擦地面的微小聲響。略低的說話音調。手機在桌上震動著，接電話時，邊細語邊走到門外去。她思考時習慣梳理頭髮，左右各一次的停頓。

起床、吃食、沐浴、就寢，兩個人在一起，日日常做的，就是日常。她們模擬過往，看似如舊。關於日常她們都有已經成形的應對，帶來相異的概念與教養。然後重新適應、學習、理解：此時此刻的「我們」。契約式時間，為她們準備了比平常更寬大的容許。

她們都不是早睡的人，玲於習慣在夜晚上網查詢資料，寫下突來的想法。學姊則翻閱著參考書冊勤做筆記。鍵盤聲響和書頁翻動，沒有非怎樣不可的配合，也沒有誰去破壞誰的秩序，一切看來都很好，也很對。

夜裡由玲於捻熄房燈。整棟宿舍沒有什麼人，寂靜一霎，形成某種被切割過，荒疏的、重新而生的時間。

這扇窗外有月光。玲於躺在硬邦邦的木頭上鋪。頭上是低矮日光燈管，中間呼呼轉動著葉扇。一個學期，同一張棉被，同一個枕頭，仰睡姿勢。舒適的風，隔著走道有將醒或將睡的，不一樣的人，以前的住宿生活從來沒有讓她這樣想過：學姊是否正在進入夢境？她看見早晨的天空時，會是什麼樣的表情？

從早至晚，她們互相招呼，各自做事，知道怎麼說上話。在這個封閉的空間裡，玲於可以有一種新的家人組合在輪替的錯覺。

但自己可以這樣一面逃逸，一面又建立嗎？

沒有約好，第一次在圖書館閉館前半小時，玲於一層一層找尋學姊的身影。五樓自修個人座上找到她的灰色後背包，桌上堆疊一些書。

玲於站在座位旁，等一會，仍不見學姊蹤影，為她留下：「等不到你，我先走了。」的紙條訊息，夾在書頁裡，離開。想一想，又走回來揉掉。

又有一次，玲於已經刷卡出圖書館，爬著上坡路準備走回宿舍，「學妹。」學姊叫她，她轉過去看著學姊騎著腳踏車趕來，後背包塞進前方車籃，煞停在她身後，跨過椅墊，雙腳踏在地上。學姊右腳的襪子有點鬆。垮垮地垂在纖細蒼白的腳踝。

我載你。學姊說。

啊，我不輕喔。玲於說。

你很輕吧。學姊說。

真的不輕喔。玲於說。

學姊早就跳下來，牽著腳踏車與她走一段。「明天早上臨時停水的公告，學姊看到了嗎？」玲於說。學姊搖搖頭。「到幾點？」「八點到十一點。」「那誰先起床就先幫誰儲水。」「好。」

那日，回到房間，玲於打開電腦信件匣收信，為避免疏漏重複確認，前夜寄出的會議逐字稿件，W老師今日回了短短幾句：我記得我已經在現場先提示過，這段談話只做為參考之用，之後請你全部刪掉。

這句話玲於讀了好多遍，她記得老師要求刪除的那段話，是非常深刻而有意義的個人觀察。玲於吐了口氣，緩緩打開錄音檔，一邊抓音軌，一邊比對文字。她找到老師說話的那部分，重聽一次。

那一段，老師的確在起頭便說了「做為參考」這句話，玲於記錄的當時卻彷彿沒有聽進去，事後也沒有聽出異樣，直接做了錯誤的理解。老師的意思並非做為其他讀者的參考，而只是做為在場者的參考。

她重新將那一整大段全數刪除。心裡感到十分受挫。或許是她太過在意老師的看法，並不是重話，想想其實只是小小提醒，卻莫名對她起了作用。

她想起過去自己對於來自他人，最感委屈的一句話：你能不能不要誤會了？事情不是這樣解釋的。而她畢竟又再次誤會了。可能是她想不通，自己為何總是沒有辦法好好接收他人的語言與經驗。回信向老師致歉，重寄了一份修改版本。

可能還是午後那通來自繼母的電話。玲於在圖書館關了靜音，沒有接到，打回去時沒有接通。晚上收到：「如果你已經知道消息，妹妹現在沒事了。放心。」簡訊來回幾次，她早早關上電腦與桌燈。逐漸感受到的是：這件事是真的「發生過」了，就算我遺漏了所有細節，就算我可以不要知道。

她意識自己過分地脆弱，又矛盾地想盡辦法維持這一份脆弱。

學姊見她那一半全暗下來，問，你要睡了？那我關大燈。她趕緊說，沒關係，我只是想坐著休息一下。

玲於在心裡過一過。家裡那臺共用相機，在某次整理記憶卡時，發現存著幾張她不在場的三人照片。有一張以這樣的畫面保留：父親與繼母站在兩旁，瞇笑著。妹妹站在中間，她的眼睛半閉，嘴巴卻是張開的，也不是笑，只是張開。右手舉到腰部，豎直掌心，手指向前微微彎曲，感覺沒有站穩，晃動了一下，身體周圍有些許殘影。那樣的姿態有可能是正在對那個盯著他們看的照相者哀求「還沒好」「等一下」。也可能說「不要」，鏡頭卻把這樣的猶疑毫不遲疑地記錄了下來。

玲於學著把手舉起來，豎直掌心，手指向前彎曲。她聽見學姊將書本闔上，感覺到學姊的視線挪向她。她聽見她走近。

學姊說，你知道你的上衣都起毛球了嗎？學姊向前彎身傾靠著，藍色的髮圈，馬尾綁得鬆鬆的，髮尾還沒有全乾，幾次溼溼擦過玲於的頸項。

玲於回，不要緊，不會穿出去的。然後，她感覺到學姊的手指碰上她的背，不自覺縮顫了一下。學姊稍稍拉起她的衣服，與她的背產生了一點空間。她一次次地捏上、攢緊，將還牽著的纖維一起揪離，放進另一隻手的手心裡。每一次玲於都感覺到學姊輕輕點觸著她的肌膚，非常非常溫柔。一條護唇膏從桌子上滾到地面。一條學姊的影子在地上。玲於握緊杯子，用指腹摩挲把手。

已經好了。學姊說。

★

一天又一天，學姊拉開對面的椅子，以手勢邀請她入座。椅與桌間的空隙非常窄小，玲於努力將身體擠進，試圖再挪動椅子，向學姊靠近，想將她看得更清楚一些，但椅子加以玲於的重量變得異常的重，怎樣都只得那麼一點點的前移。椅心發出斷裂聲響，彷彿接下來就要全碎了。

學姊開始專注地轉動她手上的魔術方塊，守著某種規律，移轉那些位置。於是，玲於忍不住對著桌子的另一邊追問：這是可能成真的嗎？這難道不是幻想嗎？

然而，口袋裡的手機忽就有動靜，她低頭，打開 Line，提示一條妹妹的新訊息傳來，留下音訊，她點入，放送，妹妹以微弱聲音對她傳達：是真的，並沒有我想像中那麼有趣。如果有過承諾，我會留下來。

一念之間。玲於抬頭，學姊的位置，只剩下一張空椅。桌上還有一個已經完成歸位的魔術方塊。

她們家終究還是從妹妹那裡獲得了一次機會。她活著。重新活著。沒人問她為什麼那麼做，因此沒人請求原諒。妹妹所給予她們的機會，其實也沒有讓她們，與她，有什麼改變。

全家久久聚在一起，吃頓飯，父親坐在餐桌前，滑動他的椅子，面向電視。其他人則各自捧著飯碗，夾好菜，走向桌旁一張張與父親平行的塑膠小椅，面向電視。看見一則關於自死的新聞，繼母筷子敲到碗盤，離開位子，走回餐桌，在飯上再次鋪滿肉菜。妹妹把一罐可樂握在手裡，也不喝，喀嗒喀嗒彈弄著拉環。無人交談或轉開頻道，疏漏分分秒。只是各自以時間挪出一個隱然的位置。

讀研究所的最後那年，玲於陪著妹妹去她曾上過的重考補習班試教，玲於坐在最後一排。白熾燈光下，妹妹戴著一副透明膠框眼鏡，寶藍圓領長版針織毛衣蓋過臀部，下搭黑色緊身褲，偏棕色的中分及肩長髮彎成漂亮的C字，髮尾恰好就垂落在鎖骨的凹槽中。

自我介紹時，她轉過身去，在背後的白板上寫上K，黑筆用久了筆尖鈍鈍地摩擦著表面，發出能割心口的嘰嘰聲響，察覺似乎有點著色無力，她新開了一枝藍筆，再慢慢寫下a、t、e。一筆勾銷，安然如實。玲於看著妹妹重新發明自己。

＊

學姊並沒住滿全部的日子。暑假快要結束的時候，她將帶過來的行李一一打包，封上膠帶，沒有增加，也沒有減少。暫時置放在宿舍樓下等著郵務車。學姊到房間來拿掛在椅背上的背包。那一半的位置空空蕩蕩。

學姊將一隻手穿過後背包的肩帶，向後摸索。玲於站在她後方，替她拉著，往前，走到她身邊，讓她的手穿過另一條，玲於沒放，看她雙手握緊肩帶，玲於放手，學姊用力地收緊兩邊的肩膀向上提。

謝謝，我先走了。學姊說。有機會再見。

那麼，再見。玲於讓自己加一句：我也是。

直到某天，收到圖書館的催還通知，玲於直接抱著胸口高的書，在櫃檯看著館員一本本翻至書背，嗶嗶嗶的掃著條碼。四處張望，在靠近雜誌區的影印機邊，看見學姊的側臉，影印機的光影，一橫一橫地掠過她的胸口，就看著她習慣性地抓了下肩頭。明明滅滅掠過去。直到館員提醒玲於說，都還回來了，可以了。

在玲於不知道的時間裡，周圍的一切染上深沉的暮色。她沒有找學姊說話，找到她停在車棚的腳踏車，將新買的，一直放置在背包裡的襪子，用紙袋裝好，夾在學姊的後座。

＊

學校把畢業生的合照貼在立板上，布置在走道兩旁，他們在照片裡笑得很開心。有幾個調皮的學生，用紅色簽字筆圈起某人的臉，箭頭寫上哈哈傻瓜或色胚。玲於也一起參加了畢業典禮，跟著音樂，站在一旁，微微笑，揮手說再見。

來自新聞的宣告：一個創作女歌手被發現已永遠死去了，因為過於安靜而讓人難以抵受。當年許多人都在猜測她的死因，那時許多人或許都為她流過淚，在玲於她們的年紀，她是如此稀少而珍貴的存在。玲於也曾經這樣帶著愛意凝視她。

又是六月，十年時間。

玲於以為有種物事已經漸漸越過去了。都是前塵往事。

到海邊漫步，走回學校，被長長的草割破了皮膚，玲於忽就想到了是這樣的一天。她趕在下課前問學生，記不記得這位女歌手？看著他們搖搖頭，茫然的臉，身邊沒有幾個人知道。學生坐在底下看著她，她一時語塞，抓了下肩頭，好像可以擒住消逝的什麼，或做出不同的決定。下課鐘聲已經到來。

無效之人

我了解到人類所有的苦難都源自於未能使用清楚的語言。

——卡謬，《鼠疫》

彌之已經知道接下來的事，她會在記憶裡調整為日常的小小難堪，不久之後，便會透過其他方式覆寫過去。

麥田將一張照片遞給彌之，低撇著頭，不再看她，說，這是最後的禮物。

照片是彌之、麥田和彌生三人的合照，某日出遊，雨後青黃光禿的草地。麥田的相機，路人幫拍的，以往他們總是開啟雲端，數位時代，共享檔案。但或許是最後一次，在傳送與接收之間，麥田刻意製成實物，更有一種徹底斷絕的意味。

左手邊著藍格深淺交錯襯衫，前髮遮住了眉，更顯出和父親相似的長形眼，燦笑的是彌生，一隻手淘氣地放在彌之頭上；右手邊挺版白襯衫搭洗舊牛仔褲是麥田。嬌小的彌之站在中間，肩上短髮，一身灰底黑圓點洋裝，一手捏著裙角怕被風掀，她的手背就這樣與麥田的手背碰在一塊，她沒有移開，他也沒有，她便一直以為他們之間有種默默允諾。

彌之不想拿，也不看麥田，兩隻拳頭握得緊緊的，只盯著他纖長的手指，虎口的紋路皺摺，他便一直舉著。偶爾有熱風，吹得那張照片作響。彌之記憶裡每一場有他們身影的景象，此刻全都如此相紙般，貼在回憶牆上，被風吹地從邊角捲起，在腦海一齊啪啪作響。她還不知道將來那兩根手指頭會這樣對著自己一直舉了一年又一年。

幾輛腳踏車從旁喀噹而過，彌之餵養的那隻黑白賓士浪貓，從樹叢中鑽出，在她腳邊磨蹭，沾留氣味。夏日太陽，誰也不躲，汗珠從額角冒出，僵持不下，麥田索性將照片丟進她包包的開口裡，他說，我第一個要忘記的，就是你。

*

手指頭夾著邊緣，像麥田一樣舉起這張照片。麥田的臉，中間空空的，什麼都沒有，只留下一圈燒蝕過的不規則的洞，焦黑帶黃，正好沿著臉的輪廓漸層地擴散出去，這幾年裂縫邊緣越來越薄脆，碎片一吹即散。看起來像是稚幼時期學畫，用鉛筆塗畫打底，再描一圈黑邊人形，總總精密肉身，獨留臉的細節，不知怎麼填畫進去；又彷彿是遊樂園裡擺放的臉部挖空大型圖繪紙板，讓遊客各自擺弄自己瞇笑的臉。

一日多回，彌之注視著這個洞。總是花花綠綠不重要的那些物事，從背後或地底映照過來。搭著電梯時，有人進來，有人出去，有人擠挨在她身邊，有時是別人的西裝一團素灰，短袖恤衫露出的古銅前臂；有時是電梯裡鋪擺的膠絲紅地毯，走道的乳黃花崗岩；更多時候是那些從她面前走過來又走過去，抓不著也看不清的人，遮掩住她要的光，又離開，宛如火車過山洞，麥田的臉忽明忽暗。

反覆看著這張照片，有一天，她發現洞的右半側，殘存些許麥田的下巴與臉頰，一個細微凹槽黑痣大小，彷彿是麥田拉起的嘴角尖端。好幾次她試著調整角度，拉近拉遠，把自己的臉放進麥田的臉裡，但，她只能看見鏡子裡麥田臉上注視著那個洞的，自己的眼睛。

⋆

彌之閉上眼睛，緩慢轉動眼珠，再張開。密密麻麻的方塊字。花了一整個上午校對稿件、檢查體例、下小標寫圖說。從資料庫裡調出作者照片，試圖躲開每個不夠美麗卻真實的臉，縮小過去那一瞬與現在的時間落差；躲開每種預想得到的印刷瑕疵，每種版型跑掉過白過黑畫素太低，徹底拒絕那些可以被挑選出來的所有錯誤。

每個月都有編輯部戲稱為農忙期的日子，她急急收發郵件，寫催稿信，回信，確認借調照片，接打電話。一邊對著原稿，一邊記得將修改後的檔案另外存進公檔。盯著螢幕上的文稿看，都不知道有多久，直到另一個視窗閃著黃燈，同事蘇里在即時通訊上私訊她：準備吃飯了嗎？彌之才將電腦上的視窗最小化，純黑螢幕裡立刻反射一部分她的輪廓。看起來好痲木。

她突然想到了那份做了一個多月便辭職的工作。截稿日進完最後一篇稿件的凌晨時分，她再度被根本不記得自己姓名的主管手一勾叫進會議室，面對面坐著，彌之看著主管橘紅色的腮紅，從顴骨向上一長條，兩邊高低沒有刷得平衡，她滔滔不絕地借用了整個辦公室裡，不能一一指明的人們，對彌之慣於思考後再回應，在那之間慢了一拍的沉默感到不悅。

主管說，我搞不清楚你是沒聽見，還是故意不理人。她說彌之在回答前所發出的單音節：嗯，好。令她憎厭。但那總是發生在彌之全神專注編稿下標，而她丟下一句話轉身就走的那一刻。彌之說，嗯不是的，沒有人會刻意。我只是不知道要回應到怎麼樣的程度才算數。說出口的同時彌之覺得，這份疑心未免來得太過匪夷所思。

主管的話語開始發酵含酸，日常威權以寒意溢出，彌之知道她所有的解釋都不會再讓人愉快。

大概就是有那麼一刻，她鬆懈了，將自己的情緒和外在都鬆開，太放過自己，她洩漏了旁人看來十分彆扭的質性，卸掉表面上那股演戲的氣力，那個至少可以讓她在職場上安然的時機就這樣一點一滴地錯別了。

彌之以為她已經可以做到主管所提點的：將他人想隱藏的梗刺大剌剌地挑出來，帶血帶肉地擺好上標題，毒一點、損一點、讓人更難堪一點、些許曲解又不能太離原意，對不那麼重要的物事淋漓盡致地調侃一番，才能是最吸眼球的。

她忙於記住所有的流程眉角，明白往後就要開始以這樣的方式使用文字，用此調性召喚一些受眾，她記得收起自己的毛邊卻忘了在周身討人歡心。

她從文學月刊轉進娛聞周刊時，常常被追問為什麼，也許她當時想離喜愛的物事稍遠一些，覺得娛樂也是人類活動的一部分，又都是她熟悉的文字編輯，而她自認原來就是個不脫煙火之人，她以為在這過程之中一次又一次感到的違心，與性格上的違和衝突，只是因而有了戲劇性的空間。

現在想來其實她看不清自己。在她漸漸開始掌握新場域和術語時，她靜默的性格卻也開始被獵巫，她的有效與有用開始被莫名拔離。幸好她的記憶真的在其後慢慢地被覆寫過去。她只記得主管努起嘴角說，你也開始去找你的工作吧，既然你來這裡工作就表示你也需要工作吧。

那是彌之第一次發現一個人需要與她的職業這麼貼身。當公司規定每日中午上班，她半天面對著滿室的空椅，在截稿日才見到的人們，少量的話語應對，彼此在座位上嘈嘈打著字的同時，已經各自調動了過去的經驗，在想像中編輯好所有關於她的人格特質，她的言語與反應所意謂的什麼，不管這份推論是否失控。她當然也覺得事情不該走到現在這一步，但當她知道主管在私下嘲弄她簡樸不夠體面的衣著時，她便確定自己沒有絲毫感到委屈，也不打算在臉上增添任何受傷的痕跡。

其實很簡單，他們的確聽不見她，不想要理解她。而她對此看來不帶任何情感，更加深了他們的認定。

她聽見主管將調侃話語施向誰：那個鳥人，乾脆去死好了。轉身將別人的賀卡投擲進垃圾桶裡。至此，彌之也不再驚訝，誰都可以成為被隨便對待的人。

彌之自己不是全然沒有問題，她難以感受善意，對無關緊要的惡意又異常敏銳，最好沉默。多年後當她讀到保羅．奧斯特回憶幼年的他和父親坐在車上，父親往車窗外吐了口痰，然後他看著那口痰從那扇並沒有開啟但父親沒有意識到的窗戶上，緩緩滑下來。她就覺得好像是自己和父親一起坐在那裡，沒有說話，沒有動靜，就這樣看著那口唾液，緩緩滑下來。

也許從父親選擇自死後，她和旁人的關係便好像被切開了，只存虛浮空懸，再沒有寄情。保羅．奧斯特在某個段落用的說法是「變成一種永遠的感覺剝奪」，大概就是如此。在她後來覺得自己對現實總有種阻隔之感，所有的一切在更早之前就來不及了。

她支應不了別人的心意。早已將自己的現實感不用見誰也低進塵埃裡，像電影裡虛造以供人窺看的真人秀，像旁人「接受這個世界所呈現的真實」。

可她總得找條活路。於是又回到了文學領域，前事已成了舊事。蘇里先去上洗手間，在座位上等著的空檔，她從皮夾裡拿出那張照片。她把照片鋪放在已成刊，印出的廢棄稿件上，從右滑向左，再滑到右，那些印刷字和牽牽扯扯的更改痕跡便在空洞的臉上跑來跑去，將那些字從麥田臉上移開，翻到紙張背面，麥田的臉看起來像被一片雪白埋葬。

拿著鉛筆，彌之依序描繪眉毛、眼睛、鼻子、嘴巴，將五官試圖對齊麥田還留下來的，那一點點肉身的線索。那一絲如縫，小小的凹槽。往下移到另一空白處，再畫上。反反覆覆。最後滿滿黑點留在紙面，不是五官什麼也不是，她看不見任何可能成形的麥田，一無所獲，當然一無所獲。

不過幾年，她竟開始記不清麥田的長相了。

麥田就站在她身旁，看她改文稿上的錯字，最後一個字，最後那一筆，非常陌生，她不知道到底該往左撇或往右，麥田突然伸出手來，緊握她拿筆的手，拉著用力地直直往下畫下去，手都捏痛了。

她轉過去看著他，麥田的臉從眼睛開始，突然裂成左一塊右一塊，皮膚帶著五官像水流一樣柔軟地向下流，她立刻伸出雙手去捧，那些肉末般團物，流進她手裡，膚色變成了黑色的，變成了立體又尖銳的字，刺進她的雙手裡，先是劇痛後來完全不痛，她上下翻看，握緊鬆開，什麼都消失不見了。那些字不知道藏到哪裡去了，好像潛伏在她的皮膚下，變成她的一部分。

蘇里問：怎麼了，手痛？她說：噢，沒有，沒事，將她的掌心貼回桌面。小吃店裡，透明塑膠布擋住外面的悶熱，一些氣味和氛圍已經被凝固在那個空間裡，整條街滿是流著汗覓食的上班男女，掛著跳崖羊群的臉。蘇里說，那菜單畫好之後給我。

每日中午，蘇里談的都是公事舊話，彌之發現自己的陌生感消逝得快，對他人生活亦不再好奇，那些說著的話她很快便忘記。但蘇里話興依然不減，儘管彌之有時僅以點頭應對，靜靜聽著。

彌之對工作沒有執迷，也因此沒有不悟。但蘇里有夢，編輯的時候，硬生生將渴望書寫的自己收起來，希望得到等同重量的回報，對人的質性較真到耿耿於懷的地步，於是對著彌之重複討論工作環境裡那些情緒暴力與言語齟齬，上層的慌亂指令如何朝令夕改，著急起來便粗聲粗氣地傷害他人，添點醋，加點仇，一有機會便要尷尬地讓人無所適從。她不甘心地發覺自己好不容易擠挨進書寫的權力圈去，卻發現它不只意指資源重心，更多是人情算計。誰其實都明白看著。

蘇里感到一日復一日，明日何其多何其疲倦，一個月前終於遞了辭呈，那天開始，她整個人便舒緩許多，同仇敵愾的氛圍在她們之中逐漸隱退，好像日子倒數以後，一切惡影響便開始脫離她，與她無關，什麼都可以原諒了。

同一間店，同一套餐，她們比往常都沉默地吃食，蘇里照樣吃得快，將用完的餐盤往旁推，滑著手機等彌之。她看著蘇里低下頭的側臉，才二十六歲。嬰兒般細毛鋪在額前，額角有一個還不退的小小瘀傷在那裡，已經轉黃，兩道眉的後半是斷開的，被仔仔細細地以眉筆連接成弧線，與原來的有些許色差。

彌之想起蘇里不久前也是這樣低著頭，雙手抱胸頹坐在椅上，那張側臉透露點怨怒，或許怨她自己在不願意妥協的地方妥協了。辦公室前方堆疊著開封過的零食，布面髒汙的小圓桌，蘇里與主管雙人對坐，下班打卡鐘響，每個人都撐持著誰也不敢走，窩在自己的座位，或許嚼著微波晚餐，或許埋頭做著私事，整間辦公室混雜著間斷打字聲與飯菜膩味，好像給別人更多時間擺布自己，又好像虧欠這個世界什麼，將座椅紋路深深地印進皮膚去。因為靜肅，能聽見她一邊急著以話語數落，一邊以高跟皮鞋敲踏地面發出規律的節奏，彷彿話中有話。

彌之已經三十二歲了，發現結果都一樣，在哪裡都無所謂。人也不會死了再死吧。

蘇里停止滑動手機，抬頭看著彌之，她說，我明天中午就離開，不留下來吃飯了。彌之說，嗯，我知道了。

差一步，綠燈轉紅，九十六秒。每日一次，她們一起從這個食街過這個路口。蘇里望著對街，什麼話也沒有說。沒有人會知道另一個人全部的故事，所有的事物都是阻擋都是窒礙。像紅燈，就要停。彌之想，很熱，她很想趕快走到對街，很想趕快結束這一切。

過街的時候，蘇里比平日慢了一步，她轉過頭去，見到蘇里的眼角流下淚來，過完街，手一抹也就乾了。蘇里說，唉我真是處處留破綻。

隔日中午彌之獨自一人過那條街，手機響起接收簡訊的音效，連續兩聲陪她過街。綠燈到了她便走，到對街她打開。她沒有仔細讀，將手機收進口袋時想起蘇里的眼淚，好像自己。

回到辦公室，午餐時間空無一人，她走往自己的座位，看著她的前方，沒有蘇里坐著了，接替蘇里工作的新人很快就找到，明天開始正式上班。她看著潔白的桌面，只剩下電腦、電話機、參考書和筆筒裡的幾項公用文具，專用行事曆、大疊廢紙全部回收，清理得乾淨連一點手跡都沒有留下，幾個磁鐵沒有貼著什麼只是空空貼在隔板上。

彌之坐在位置上，讀一份文稿般讀著蘇里的簡訊，然後，沒有回，她沒有辦法回這樣被要求理解的一封信，不像過一條街，走到對面就可以了，情感也是，時間也是。她只是坐著。

她發現左邊隔板與桌面邊緣一排螞蟻列隊走過，沒有夾帶任何食物碎屑，只是一逕往前走，不知道牠們從哪邊來，要去哪裡，她先是看了一陣子，以口吹風阻礙一下，隊伍幾次偏移後又回到原位，她見到最後一隻螞蟻，看著牠比所有同伴都緩慢走著，她看著，突然擺上一根手指，堵住最後一隻螞蟻的去路，牠停了一下，左探右探，她以為牠會爬上她的指頭，但牠只是選擇繞過去，她不死心，又一次，再一次，每一次牠都好像比先前更肯定地繞過去，好像在對自己說沒事，不過是一段阻礙。但每一次牠都脫離原來隊伍更遠，拉長距離再拉長，最終，牠幾乎要落單了。

彌之收回放在桌上的手指，看著牠繼續前行，卻再一次抬起，將指腹緩慢接近，牠隱沒在黑影之下，只有她知道，自己有多麼殘忍，多薄情。喧鬧聲從遠而近，辦公室外幾個年輕工讀生走進，她什麼也沒做，各有各的位置，回到原位便是了。

「最後我離開，是不得不，戲謔討好，冷待憎惡，我確實曾無謂地讓別人用這種方式看待自己，隨俗地對待周圍，刻意貶低自己，彷彿誠實只會消耗內在，而那些傷害，如今，加倍地折返黏附我。你相信了這樣的我，那就是，我也欺騙了你。」

不是臉書朋友，亦不是Line同伴，彌之和蘇里總是開著電子郵件頁面，暗自在通訊功能上打字交換著短短電報文，情緒符號，在煩悶的寄收信工作縫隙中偶以自娛，隨意幾句公事心得都像兩人的私語祕密，如同以往，一切止於兩人。

那天蘇里收拾著，倒了垃圾，連紙袋都沒有提，只拿了杯子就離開，她們彼此都沒有說再見。蘇里被以一種粗魯方式詮釋了，那個東西拗折了她，讓她百口莫辯，沒有人理解，那就真真正正成了對她的隔閡，然而卻是彌之同樣也曾遭遇過的，他人看來自作自受，出聲的亦不會是彌之。

那天她同樣想起，麥田離開她與彌生的住所，下著階梯時，麥田轉過來看著她，那低沉聲調，那背光的臉，他說：「我不再相信你，你也不用再相信我了。」幾天之後，彌生也靜靜地，不留痕跡地搬走了。

★

彌生搬離之後她就一直住在同一個地方。

決定合租後，第一次去看租屋時，她和彌生還迷了路。老房子在巷口拐進去，夾在一棟豪華花樣電動大門，有著制服守衛的住宅大樓與兩層樓高的寢具行間。前方有大片綠色鐵皮圍籬，告示牌上寫著建物拆除工程，她看了一下，離當時六年前的事了，不知完工或停工，但什麼或許確確實實地消失了。

這棟五樓建物，往後深深的凹陷，像隱身的洞窟，前方空地停滿摩托車。一個笨重，半身高的鐵桶，不知被誰遺棄在旁邊。沒電梯的舊公寓，樓梯是坑疤水泥地，紅皮扶手只是裝飾，每走幾步就有幾根危顫鐵杆。

大門的燈時開時不開，回來晚了，就要摸黑搜出鑰匙再摸黑對準孔洞，開門時像有人發出「給」的長聲，不知道能給出什麼來。

有些樓梯燈開關就在門鈴旁，回來早了但天色晚了，暗暗的階梯沒人開燈，好像沒人出門，也好像沒人回家。她和彌生便錯按過一次，叮咚好大一聲，但她們已經往上走，才聽見下方有人緩緩開了門。彌之便立刻對著下方道歉，碰的一聲，門立刻就關上了。

那時三人一起走階梯時，彌生總是負責開燈的那一個。他偶爾會假裝伸出手指惡戲般要按誰家門鈴，彌之和麥田總是緊張地搶先一步制止。現在她每走一步階梯，總會不時停一停步，她總覺得那些門縫角落裡始終保存著他們的聲音。

彌生的房間保持原樣，只是一打開四面直紋壁紙牆，什麼也不剩。彌生還在的時候，牆上貼的是從老家帶來的《X檔案》海報，背景在一個青綠而潮溼的甬道，探員穆德和史卡利著黑色西服，轉過身來嚴肅地直視人們。海報底端一行黑字：The Truth is Out There。她和彌生那時好著迷這部影集，但誰也不在了。

那扇有破洞的紗窗，是有次一隻灰鼠沿著排水管爬上來咬破的，偷走彌生放在窗邊的松果。那扇紗窗後來一直沒有請房東修補，反而是彌之當天晚上便買了消毒水將視線所及的所有家具重新擦拭，但破洞就這樣放著，現在她也不知道還能被偷走什麼。

客廳沒有人用了，原來就附著一座舊皮製灰藍沙發，沾附著一些白色油漆，天花板隨著日子不停落下細小的粉塵，逐漸落滿表面與手把，她不擦拭不移動，反正也不再坐。彌生走後，她也曾試著推行笨重沙發，移開，到更角落，但一推開，一道長長的痕跡跟著被拖行，四腳印子四個方形，她看著那痕跡，後來便再把它推回原位，邊邊角角，對得整齊。現在她只需要很小很小的位置。

廚房也不用了，不想處理任何食物也不想事後清理餘物，若想吃食總會有得吃。她沒有辦法再等著固定時間的垃圾車，那空等的時間使她焦慮，她覺得自己一旦真的開始等待，就會因為什麼而錯過，要等的她已經決定了，那隨時都能轉為日常的，不會是她的優先。

或許更是一份幾近賭氣的堅持，她要成為這個空間裡最後還存留著的東西，就像把他們三人曾在一起的空間，就這樣完完整整地保留住。

她讓自己學會辨識彌生的機車聲，像等待之犬，只要從遠方傳來獨特的機械運轉，輪胎摩擦，她便到窗口等待，重複等待，她覺得這亦是一種對時間的違抗，只是經過也好，但她好多年好多年都沒有再聽見。

首都總是下著雨，明明在室內但彌之還是覺得自己像個塑膠玩偶浮在水面上，搖搖晃晃。她朝著窗外往下看，那段日子總有人在街上奔走。她看著多色傘花，人群只管向前行，像是要努力靠近自己的時代，用意志拆除那些權力控制。看著他們，她覺得自己懂得的，非常微弱。

有人牽手走過，有人靜靜跟隨，幾個人穿著雨衣手上高舉著長莖花，只有一個人，抬起頭來望向她的方向，一瞬間很快便低頭繼續前行。穿著黃色雨衣，雨帽束帶束得緊緊的。但她一眼就覺得一定是彌生。是彌生。她從三樓奔跑下樓，此刻恨死那些數不清的不平階梯。一定是彌生。踉蹌打開公寓門，所有的臉都是模糊的，她無法校準，揮動著手抹去眼前，像有水漬固執黏在眼睛上。

可是沒有黃色雨衣，也沒有彌生了。

雨一直下，一直籠罩過來，先是緩慢後快速，她回到公寓站在開啟的一扇門邊，角落裡堆著廢棄的四方紙箱，裡面還留著一點不被需要的什物，風吹來，紙箱微微晃動，保麗龍摩擦著紙面，聲響像最後的喘息。

彌之向前伸出雙手，雨滴帶痛打在手臂上，快跑的腿有點抖，熱氣從腳心帶上來，竄上她的脖子，突然有種冰涼涼的觸感，像某人的手指從衣領空隙伸入觸著了她的肌膚，她的頸項被捏緊提住，跟著被向後拉扯，身體連帶她的時間不知被什麼給重新跟著曳拖進門裡去，完全靜止，動彈不得。

過去常做的夜夢，如今白日也往她臉上擊打，夢裡那個人伸出手來，一瞬間，她的臉頰微痛，她永遠看不清是彌生，還是麥田。

孩童時代，幾個同學自修時間在課堂喧鬧，原來安靜看書的小男孩便從座位站起來，平緩地對著他們說：知恥，好嗎？彌之不是喧鬧的其中一個，只是男孩指責的方向，她也在，她便覺得自己也不知恥地參與其中，就算她什麼也沒有做。過於早熟的語彙，讓彌之的耳和心都牢牢記住了，那句話偶爾夾雜在記憶的縫隙裡，不經意地，當她犯了錯，她便會回到當年那個自己。

雨下著，淋著的大海大概溼了又溼，她不再有玩偶搖晃浮在水面的感覺，她感覺自己沉入海底，快要溺死了。

*

彌生說要出門，沒說要去見誰，她也不曾追問他要去哪裡。他先洗了澡，滿溢著肥皂香氣，像電影裡的梁朝偉對鏡梳髮，整整齊齊，不是平日的儀式。她傾聽著他的腳步，像跳著兩人貼近的社交舞，所有的路線都刻意繞開她。那些繞開竟帶點熟悉的氣味。

彌之與麥田，本來是一群同學玩樂讀書，自然而然只剩他們走在一起，周末偶爾她會去找麥田，彌生也從來不過問，那時彌生還不認識麥田，其實她也還不認識麥田，但她自己不知道。後來她將麥田介紹給彌生，麥田與彌生像是一見如故，熟悉之後三人便時常一起出遊，或是在家看影碟，只要有麥田，身邊就有他們兩個，沒有一人落單過。

她坐在房間裡，沒有開燈，窗外微光，撥手機給麥田，響到最後轉接語音信箱嗶一聲之後開始計費，不是第一次，過往的那幾次加以這一次，如果不是熟知她不會發覺，她感覺自己貼著話筒的耳朵熱燙，像紅蠟燭逐漸融成一灘蠟河，一直流一直往前流成一條紅地毯，鋪往彌生正在走的路上。

父親過世之後，彌生總騎著他留下的摩托車載她上學。帶著殘夢般的恍惚，老車騎得風風火火。她緊握後座尾翼，側背包卡在兩人之間。彌之的腳掌往前折拗般，放置在踏墊的溝槽。

整段長路，她只能小心翼翼地移動麻木的腳掌。騎乘時只要一個轉彎或是煞停，她的身體便止不住地向前滑。只要她多往前一點，就會擠迫到彌生的空間，她總趁著紅燈慢慢向後挪移。偷偷看著少年彌生不知在何時已經長為成人的背，腰骨處的凹陷，隨呼吸動靜。夏日裡的豔陽晒得淚流，她卻沒有一次能閉上眼睛。

偶爾，彌生會在途中，停下來，騎進路上的加油站，坐著，讓她下車，她看著工讀生拿著油槍緩緩打進油箱裡，坐墊上還殘留一個小小的凹陷，好像她的重量還在那裡，可是彌生看起來隨時都要走。

每次彌生總騎進新的路，新的巷弄，她會有一種想像，是不是在不知曉的某刻，原來載著她的父親被那些偽裝的日常自然，拖拉進時間的夾層裡，夾在難以逃脫的牆縫中。然後，每天，都會有一個嶄新的，卻沒有延續昨日記憶的替代者，留下相似軀殼，載著她，陪她一小段路。

是不是只有在那一小段路，彌之對父親的記憶才算被儲存下來，情感因此才得以真正存活？也或許在那一段路程，她和彌生都變成了另一個人。

天長地久，不過一時。她以為彌生會永遠都在。

晚上那些靜，靜得她要尖叫。「到底誰比較重要？」這句話她以為自己永遠不會說，也不知道自己該去追問誰。就像在中學的時候，她發現父親曾在應當簽名的試卷背後，以為能不被發現地寫著：like shadows。歪曲的英文字彷彿一層一層的陰影，漫天撲地而來。

她不知道讓父親感到如影隨形的，究竟是什麼？需要在那樣的時刻急急記錄下來，但那些複數的陰翳，在他選擇自死之前早已，蔓延到她全部的人生了。

那天晚上，彌生說他先走了，把燈一盞一盞地，從內而外開出去，滿室瞬間燈火通明，她卻看見了，他在牆上的黑色殘影飄移著伸出手來，把燈一盞一盞地，從外而內，往她這邊熄滅過來。此刻能夠亮起來的她都想全部打開，一整塊殘影卻按著她的肩，不讓她起身。她只剩下最後的瞳光，清楚地知道，哦，原來她是徹徹底底落單了。

她開始在路上尋找和麥田相像的人，就算只是一層又一層的皮相，但她有一種感覺，如果她找到了另一個麥田，或許她的人生還有其他可能；或者，那會成為一種換取，將屬於她的重新換回來。

何其容易。但有一天就真的讓她遇見一個與麥田相像的人，儘管只是一瞥而見的側臉，心裡還是很震動，彌之跟在他身後，哪怕是多陪他一段路，多待在他身邊幾分鐘也好，觀察他走路姿態、衣著髮型，跟著他過每一個路面上的坎，然後，那個麥田停了下來，沒什麼，只是跟一個熟人熱切地說話，告別時擁抱他像擁抱一位戀人。在他身邊的當然不會是彌生，但是，彌之在街邊卻莫名地哭了起來。

那晚她獨自一人，坐在彌生擦得潔淨的沙發上，握著手機。一個字一個字顫抖地打著，傳送了簡訊。她只記得最後一句她寫：抱著希望過活的人有什麼不對？現在我只希望你們消失。彌生幾天不回家，麥田來家裡找她。他說，你何必如此。彌之說，那你又何必如此。麥田沉默。那種失望的表情，彌之就算忘記了麥田的臉，也能瞬間在別人的臉上複製起那樣的表情。麥田說，原來你跟別人沒有不一樣。彌之只說，你回去，不要再來了。

麥田站著不動，一直看著她的臉，像要記住她一輩子，然後他說，活到現實來好不好？

彌之什麼也不說，一如往常。直到麥田轉身走前讓她可以不要再相信他。直到她聽到大門碰一聲關上，她追了下去，麥田已經不在了。

她回頭看見，那個被遺棄的鐵桶，四周已經圈繞一圈野草，長高的兀自長高，被壓扁在桶底的，除非找個空隙擠出去，否則就永遠壓扁在桶底。彌之走了過去，用腳尖輕輕一踢，鐵桶發出空空鈍鈍的聲音，原來貼附著的褐色鏽屑，四處飄散，就落在她純白的鞋子上。她再稍微用力，再用力，踢得漫天價響，沒有感覺痛。

每天每天每天，能說出口的只剩虛矯的二手語言。當她編輯那些文字時，其實更想請求一個被編輯過的人生。

少年彌生載著少女彌之，回到兩人一起走過的那段路，還不知道他們的時間就此便沒有了。

彌之閉上眼睛，卻感覺自己的臉燃燒了起來。無法撲滅的火，快速地，將她的臉燒蝕成一個黑洞，那個黑洞自臉上落了下來，移轉在地面上，變成一個深不見底的洞穴，她沒有時間也沒有機會躲開，跌了下去，一直掉一直往下掉，不知過多久才到底。

她踉蹌著，試圖撐起癱軟的雙腿，她顫抖，洞口燈火搖曳，也許有誰的身影還在那裡。她喊著，自己的聲音卻蕩然無存，傳不出，只聽到彌生的歌聲越行越遠：「我祝福你／天地不過一剎那／我祝福你／一生一剎那／我祝福你／祝福你／我祝福你／我祝福你／我祝福你」。

愛徒

她站在華麗森冷的寬敞大廳。大塊黑白菱格，鋪滿地面，頭頂一盞垂墜水晶燈。多少年沒有進來這樣的地方了？商業競合，誰出線了，誰沒落了，近幾年，她都毫無關心。連一首當紅的歌都唱不出來，還記憶親近的，或許都成了老舊的歌。

她先是盯著自己腳，後來看看在櫃檯前的青春三人：皓君在詢問時間，楊生與櫻桃不知道說了什麼正彼此調笑。她訝異自己竟然沒有任何脫逃的意志。

皓君眼尖看見後到的她，趕緊向她走來。「老師。」一貫低沉嗓音。柔順髮絲斜垂在前額。濃眉長眼，十分沉靜，是班上最聰明的學生。不知道是因為他的聰明沉穩，讓她時常錯覺他較她更年長，抑或是，他已經習慣在年長者面前作勢。不論如何，她看著他，想著，如果命運不狠毒奪走他的任何機會，他日後必定是站在浪尖的那類人。和她不同。

遠方有節奏震著。哪裡的門開了，歡快聲音傳來，幾個人被吐送出來，鎂光般閃現，先走了。

「老師。」是的。是的。是皓君在喚她。換了場地，她的身分依然是老師，沒有改變。

楊生與櫻桃在前方招手，可以上去了。穿著黑西裝背心打著黑領結的服務生在前方領路。一階一階踏上去，她的心就一階一階平靜下來。

一間間格局方整的包廂，一重重厚重的門，包裹住一個個在時間邊緣的異他世界。搖搖晃晃的陰影，嘩嘩作戲，偶有些令人尷尬的歌聲或像動物般的低泣，從門縫裡漏出。每一道門上都有一個似供窺看的圓形小玻璃窗。她看見一張毫無表情的臉孔，靜靜地留在玻璃上面。

門牌寫著三〇二號，服務生幫忙推開門，冷淡而客氣地說：有任何需要的話，請按服務鈴。

四人魚貫進入。她走在第三個，皓君在她身後。通風口冷氣狂送，還攜著上一組客人的氣味：混雜著菸臭，體味，殘存的食物後味，迎面襲來。三組人工皮製沙發，繞著桌子擺放。刻意昏黃的燈光，電視螢幕已經開始閃耀幾則宣傳廣告，光影反射在浮誇堅冷如鏡面的桌上，影中人展示著美貌與姿態，煙視媚行，歌藝靈巧。

楊生與櫻桃擠挨在一邊，各自拿著桌上的本子在讀。她坐在最中間，皓君坐在另一邊。櫻桃把本子遞過來，淘氣問她：老師，你要吃什麼？

櫻桃留著貼耳短髮，耳朵上一只銀耳環。兩隻咕嚕大眼，小嘴，精靈一般。她不在她班上，卻總在周末時等著皓君與楊生補習下課。風雨無阻。三人行，腳步交疊。櫻桃擠塞在兩人中間，鬥鬥這個，戳戳那個。

大家各自朝著螢幕輸入數字密碼，一首歌代表一種自我形象，一種當下情緒。每個人用不同聲線、音調，表達自己。

楊生總是沸騰氣氛；皓君緩緩地唱著；櫻桃時而迷濛，時而甜膩。不管他們怎麼起鬨，她只是靜默地微笑，為他們鼓掌。

牛肉麵，煎餃，炸薯條，主食、副餐、飲料。滿滿一桌，食物香氣。在蒸氣騰騰裡，她看見一張張從容饜足的臉。楊生一臉燦爛，替自己點了一首生日快樂歌。大家紛紛放下手中的筷子湯匙，一邊拍手，一邊拿起麥克風唱起來。原來她滿懷歉意，匆忙趕至，竟忘了帶上蛋糕或禮物，畢竟是年長者，竟不懂人情世故。但楊生只是爽快地擺擺手說：不用了啦，老師。

在這樣狹小窄隘的空間裡，有吃食，有嘈雜，頓時她有種錯覺，感覺這裡幾乎形成了一個新的家屋。

那麼他們會是一組什麼樣的關係？

皓君細心替她擦拭餐具。將一張衛生紙摺了兩摺，餐具放置其上。她不餓，偶爾吃些點心沾沾水。不知是不是疲乏，胃裡感到脹滿。

皓君與楊生換了位置在唱歌。櫻桃坐在他們兩人中間。一首快節奏的歌，他們唱得興致高昂，櫻桃跟著唱和，搶起了皓君的麥克風，幾根手指碰觸到了他的手指，就在那一瞬，她見到皓君極輕微巧妙地，移開了。櫻桃勢必同樣敏感地察覺，看似無知曉的，稍一停緩，唱了幾句，就鬆開手，假意吃起零食，落了一桌餅屑。

楊生與櫻桃挨得那樣近，卻不怎麼看她。偶然瞥見她嘴角遺留了一小塊餅屑，似看非看，心不在焉，伸出細長的手指，彷彿想要碰一碰，但到半途又迅速地縮回。第二次終於鼓足勇氣，危危地替她撥下來：

「傻子阿你。」

惹得櫻桃用力朝他的手臂搥了一拳。

皓君默默將一桌餅屑用手背掃進垃圾桶裡。

這棟想像的家屋之外，可能已經夜了，星月黯淡如常。明明仍是夏日，為什麼她總有惡寒之感。皓君看她扶著手臂，走近牆邊將冷氣轉小。她虛飾般對他笑了一笑。

一首對唱情歌。櫻桃的手指淘氣點在楊生的眉心，微笑著，充滿魅惑；楊生眼底熒熒如火，在蔓延。他們的側臉多麼相近，美麗的，充滿力量的線條。他濃密的鬢角，她微微上翹的嘴唇。她唱著歌，看似在他耳邊傾訴，已經如吻。

她看著他們就以為看見過去的記憶。她大口喝著水，一口哽在喉嚨，嗆咳了起來，皓君將手掌放在她的背上，沒有猶疑，毫無畏懼，輕柔拍著，像把難以言說的什麼，在吐納之間，輕輕拍進她的身體裡。

他的手傳來一股軟熱，她內心莫名騷動。所有脈搏都在汩汩搏動，所有聲響都在耳邊迸裂。皓君指尖拍點按壓過的地方，她的肌膚填滿了空隙。她的脖子側邊漸漸紅起來，像哽著一口不能吐納的氣；她的臉像是堅強意志一點點鬆懈，一點點裂開，無可隱藏。

無法中斷的咳嗽聲，聽起來就像櫻桃與楊生甜美歌聲裡的雜質。櫻桃放下麥克風，獨留楊生繼續唱著。

她微微側了身，羞低著頭，告訴皓君：沒事，我沒事。

「老師。」櫻桃喚她。不過就在轉瞬間，她以為櫻桃美麗的眼眸仍會殘存著適才的魅惑灼熱，但她的眼睛裡什麼都沒留下。

「老師，還好吧？」櫻桃一隻手支住沙發，身體往她這邊傾斜。她不知道櫻桃是否看見了她現在的表情。只是離開了皓君的手，竟讓她有點不捨，同時櫻桃找她搭話，卻又使她矛盾地感到舒懷。

「喂，這首你不唱了我卡歌喔。」楊生對著麥克風說。在間奏之間，一臉索然無味。

「不唱了啦。」櫻桃喊。急急將頭轉回。

「老師，你，喜歡這份工作嗎？」

她為莫名開啟的問題猶豫了一下，而後緩緩地說：「沒什麼喜不喜歡。習慣就好。」

「是喔。不會很無聊嗎？」

「習慣就好，每件事都一樣，每個人都一樣。」

她意識到自己的格格不入。她不該在青春生命前談及自己的疑惑甚至委頓。曾幾何時，她不再談及清醒時的夢了，不肯再談及願望。緊緊抓住一些還能掌握的，用功到骨膜發炎才讀上的學校，卻讓她成了知識與辯術長河裡的浮沫，偶爾說了一句有用的話語便沾沾自喜。畢業後立刻遇上金融海嘯，在市場機制裡不斷被等價對照，負債累累。悲觀的時候，覺得時代被掐頭掐尾，獨留一截最壞的，偏偏是專屬於她的。挫敗勞頓，撐持再撐持，拚命告訴自己過下去，過下去。

關於這些成年生活的話題，她多半無以為繼，只能適度誠實，再說下去就是矯造了。櫻桃沒有繼續追問。她側頭微笑，表示就是這樣了。

她跟隨櫻桃在言談間，無意顯露的眼神，她知道她並沒有真的在看她；知道那些話題並非一種親近，也非一種拒斥，毋寧更相近於介開。孩子似的介開，試圖鑿出一些結界，封堵一些可能。圍繞在她心之所愛，用力揮手，吸引注意。

櫻桃卻撇過頭去，突然靜了下來。從口袋裡拿出手機。點點滑滑。手寫發 Line。

她坐在她身旁，毫不遮掩避諱。將臉覆於黑暗之中。螢幕光亮反射他人字句：

「你已經，忘記我了嗎？」

「我、又、為、什、麼、要、記、得、你？」

櫻桃的神情何等細嫩，嬰孩之眼，卻帶著寒光。

她早已熟悉，那樣的眼神與姿態。

她站起身，走進洗手間，關上門。看著鏡子裡的自己。

門外黃光黑影，只有咚咚節奏，毫無人聲。奇怪地並不騷亂。就好像他們三人停止了一切活動，在等她。

她想起，父母在昏暗燈光下，不同桌，各自安靜吃食。父親帶外食回家，母親自己煮食。她早已習慣先在外用餐。一個碗下一個祕密，各自洗滌，各自覆蓋謊言。沒有人等著她。

沒有人跟她說話。

她像受責罵般低垂著頭，不發一語，轉身走往階梯，走往自己的房間。

沒有人看得見她。

（而我，是否真的存在？）

一回深夜，她從熟睡中驚醒，時針仍然喀喀前行，她聽見門上傳來一陣陣，微小聲響。她打開房門。

母親孱弱口氣：「你幫我叫你爸。」抱著肚子，一副快要昏厥的模樣。

母親發白的臉，冷汗已溼遍前胸，她立刻抓起床頭的外套，急跑下樓，大力敲響父親房門。併步上樓，攙扶著母親緩慢地一階一階走下去。每走一步她都跟著痛。

他睡眼惺忪，些許不耐。開了車，三人直奔醫院急診室。因為需要詳細檢查，辦妥手續後獨留她陪伴母親過夜。

擔心母親，她一夜難眠。隔日中午，父親姍姍來遲，眼神散漫，靠近熟睡的母親床邊，把自己的手機放在桌上，告訴她，有事打另一支號碼，就離開醫院，出去吃飯了。

聽見父親招呼，她像是生靈看見自己的肉身般，緩緩地，驚懼地，回過頭來。臉上有種虛脫黯淡。彷彿花了很長的時間，才辨識出他來，不等她回答，他立刻就走了。

一人茶飯不思，一人欲望飽足。他甚至忘記問現在毫無分文的她吃過飯了沒。

而此刻床上，止痛藥劑發作，平靜睡著的母親。昨夜的驚慌還顯得那麼鮮明。但她竟繞過自己隔壁，父親的房間，寧願忍著劇痛，爬上階梯，敲她的門。

開啟桌上的新型手機，躍出一張明星美圖，柔媚姿態，與她對視。誰轉身後鞋底摩擦地面，傳來了一聲淒切又冰冷的長音。

她無法理解，之於他們，情感的回應怎麼只變成一分苛索，一種徒勞？

禁不住發抖的手，她拉上母親病床旁的簾幕。

一頓一頓隨著扣環向前滑動的，彷彿是殘酷舞臺的黑幕。

一根冰錐式的針尖直指著她的額頭，既搔癢又恐懼，她跌坐了下來，以為這輩子再也起不來了。不想有人經過，卻想有人拉她一把。但沒有人。那個白晝就像所有人類皆滅絕般。沒有任何人在。

在鏡子前她洗了洗臉，密閉空間，充斥滿滿回音。扶著一顆心，轉瞬平靜。她沒有任何怨恨，只是沒有力氣再原諒。她極慢極慢地伸出手來捏痛了自己的肩頭。愈掙脫愈絕望。她不過想求得內心的安頓，安然無恙地生活下去。

但此生，她是不是已經不能成為更好的人？

門把非常非常冰冷。深呼吸後她走出洗手間，站在門邊看著他們。皓君走了過來，看了她一眼，立刻找出一條乾淨的手帕，遞給她。她捏緊手帕就像捏緊一顆乾淨柔軟的心。她明白了。

（而我，是否真的重要？）

櫻桃與楊生倚靠在沙發上。疲倦癱倒。麥克風放在桌上，沒有人去拿。幾首歌，就這樣徒留節奏，成背景音。

黑背心的服務生敲門進來。他說時間快到了是否需要再續唱？楊生看著櫻桃，櫻桃看向皓君，皓君站在她身旁，搖搖頭說，不了。

「謝謝你們找我來。」走往沙發，她從錢包裡拿出錢來。搶在楊生之前，結了帳。

這些仍然需要愛的依靠，撫觸，信任，青春期的孩子。他們呆愣的臉上掛著一種近似歡聚之後的無措與空虛。

她告訴他們：抱歉我必須先走了。

推開了門，走了出去。燈亮，旋滅。各自聚散，任何愛情組合，可以於她無關了。

卻是皓君跟著推開了門，走了出來，「我跟你一起走。」

她懸而未決，但他態度堅定，沒有給她拒絕的時間，已經趕上她，走在她旁邊。

一陣風順勢帶來他身上的肥皂香，她抬起頭來，注視著他，煙濁世界，各自殞落，怎麼唯獨他無瑕純淨。他感到有點害羞，稍稍將臉轉向他處，而後又堅定的回看她。儘管世界如此悲觀，她仍然困惑。他試圖用自己的存在說服她，風雨同路。

她想像著，一扇一扇緊閉的門，隨著他們的腳步，打開，人聲嘩嘩。層層疊疊的聲響，每個人都要回家去了。夏日荼蘼，夜未央。她的家依然在樹海密林。但他們兩人暫時順著他人歌聲的音階，就這樣，若有似無地，一步一步走下去。

〔代後記〕

字幕：所有的「我不知道」

小說作者曾中斷，再次重拾文學寫作的那段年輕時代，那篇作品，穿越了多年的光陰，在朦朧的燈穴下，遞轉至我面前。那份文字，他人用語：力透紙背的孤獨，寂然地，如一道青冷的焰心，在我內裡慢慢灼燒起來。像自己刻意懷藏的那些心之折傷，倏地被拓印被懂得，也被一併籠進光幕裡，輕巧地袒護了。

在那段凝止而困足，停留在迴旋路徑，黑壓壓的夢景與現實裡。時間裡的太陽時時逃走一點，成了時時對自己的追問。小說作者用這樣純粹誠實的書寫姿態，撫過我身上的摺痕，像是從遠方傳來聲音，將孤酸的我拉住，拉往再撐持的一邊。終讓我的靜默與脆弱得以依存，讓我的倦悔與憂傷也因而被收容了一些。

即便處於不同的時軌；即便那年，小說之外的人生故事，她必須面對明明在默契中允諾一起活下去的友人，鉛石般重的告別訊息。承接著他人對自己的種種詮釋與驚擾；再十幾年後，那本其後之書，寫到友人之死提前讓她明白了：「所有年輕時代的天真僥倖之心，一次用盡。」

（如蘇珊・桑塔格日記裡寫：「我的天真，讓我哭泣。」）

她不經意地感嘆，年少的那篇小說，實在是一篇「過早」寫成的作品。收穫與失去，一切同時發生了。死竟是如此永遠的附著於生者。在她的世界裡，全部成為撞擊之後的一個又一個凹陷。

所有她不能知道的事，都是後來的，又後來的故事。

然而，這樣幾年，然後再幾年的，寫就與讀取的時間差裡。某些時刻的不斷重讀，我卻絲毫不曾感覺任何的錯付，也知道自己此後，定將全然信任這樣的書寫。

或許因為如此的切慕，與當年的小說作者同齡，那時做為初習者的我，也試著走向認真而嚴肅的書寫。彷彿唯有在書寫之中，能夠找到知己，或，再造知己。

堪能忍受層復一層的，被鑄入某種莫名邪魔的現實事景；被妄下斷語，被消解言說，溝通平臺就這樣傾斜，讓相關的不相關的牽連著一起滑下墜跌的時刻。

時常會有這樣類似的時刻。我的確疑惑於任何情感的表達。就像想表達一點什麼的時候，話語總是從我嘴邊逸失而去，我的情感最終難以適切地傳達出去。我感到言語的無能為力，無可傳達。我開始害怕他們說，哀我其實一點也不懂你的意思；甚或轉過頭去。話語的傳送與接收之間，逸走的那些情感空隙如此之大，我不知道該如何填滿。

話語的表述若非不足，便是太多。片斷而破碎，時常離題拖沓，說不了重點也進不了核心。恐怕只是顯露了自己性情上的愚笨，亦沒有任何聰明的樣態可供暫時的披覆，供以若無其事。因而節制地，採取一種與情感語言、與情緒生活維持距離的狀態。足以應付日常就可以。或者乾脆地放棄以言說寄情，適度的沉默；或者，該怎麼說呢，我以為自己終也成了寡情之人。

有時寧可選擇身體的勞動，以為這樣總有某種著落，但那些過於緩慢卻終會察覺的遲鈍感情，時常不可避免地讓所有的勞動轉成了妄動；也還是無法挽回任何延遲的，擱淺的感受；那些慢了一拍，晚了一步，意義的瞬逝，全部的來不及。

其後，我讀到蘇珊·桑塔格這樣理解班雅明：「緩慢是憂鬱氣質的特徵之一，言行笨拙則是另一個。言行笨拙的人源自於留意過多的可能性，或是未能注意到自身缺乏實際感。」二手地藉此把自己投放進去：所有的答非所問，所有回應的錯開，總總心不在焉，自相矛盾。對生命充斥著空乏與浮滯感，又不知深淺地一再撲撞。

在有限的眼前生命裡，試圖讓話語說得更加分明，向所愛之人尋求一絲理解。真正想說的其實都一樣，卻還是重複地將其託付給某種規律。因口誤而感到自己臉上逐漸意識而浮起的錯愕。言語的匱乏、表達的蜷縮，羞於再多做解釋。

無論新的通訊或表達方式如何變異，所要傳送的訊息、真實的情感，不得不因各種距離，失去了直涉的言說能力，僅能顯露其表面情節。抑或，傾吐了，一字一句卻被拆解成另種意義，付盡言說卻反過來讓那份誤解，戳刺自己。類近一則又一則的既視續篇。

而單向的認識終究有其限度，就像配合著螢幕上的話語放送的字幕，也有其字數的限制，一行字，無法超過十五個字，多了，眼睛跟不上，人的理解便也跟著遲了慢了。那些沒被記上心的，忽略的，掩蓋的話語，被以為是記憶的意外闕如，瑣瑣細細的事件、對話，當時的情緒、心意，也一併在發生之後，失去了被複製的能力，在路徑裡一件一件蒸發掉了。

找不到一份最適切的語言，人與人之間的關係，就這樣，無望僵困在某種情境裡。試圖訴說與傾聽，那毫釐而細微的差異，就像是拼湊起一艘想要到達別人的船，岸頭卻已失去，亦無法回到原地，四處漂流著，爾後因一絲裂縫的蔓延擴散，船身漸漸地分崩離析。在抵達之前，逸散而去，幾近徒勞。

那便是關於「之間」的故事，便是在我內心騷動著的一種刺點，像顆長居內裡的氣球，隨著時間逐漸脹滿，圍困肉身又帶著撐破的恐懼。

莒哈絲的訪談裡，將自己的一生定義為：「一部配了音的電影，剪輯不良，詮釋不佳，校準不好，終究是個錯誤。」關於自身的敘述聲音被自我掩蓋，與周身物事無法切合。而死亡確然抵達，無論是種自願選擇，抑或命裡注定。

被命運寫明的人們，在獨行時光中，時常領受某種冷待與日常暴力，被覆核著各種形式的推開與離棄。為他人的缺席而哀傷，在創傷中倖存下來，不斷尋找寬宥的路徑；抑或承接暗影、彼此傾軋，最終無法經受而離棄他人，以餘生對過往記憶，不斷回返與償還。

又或者，當他們得到另一種回聲時，無論它輕率與否，卻在那之中茫然與無所適從，因為從來他們得到的都不是某種理所當然的物事或情感。連一滴愛的露水，都是苦求；或是僅能表達以反面的偏要：拚命抵抗而獲取的。

這本書裡跨越了十年，沒能逃過在現實裡磕碰、也沒少受損傷的書寫，皆是在那「之間」的故事：情感裂解的，命運錯開的，落入困局的，一廂情願的，親密無望的；那些如星叢的話語，如蝕洞的記憶，終於以疲倦抑鬱的形式呈現；也就是那些沒有說出口的話語，始終無能傳遞的愛意，從微小的凹陷開始，成為了無力抵達他人，那一個內向的，難以修補的，船身的裂縫。一種「個體的船難」。

這段航行也不免有全然覆滅之虞，也還是會在別人的心裡成了路癡；還是會有始終沒得救之人。時常如殺生之死灰，滅熄復燃。亦有必然而來的靜默無語。但也可能，我盼待著這種可能：在不寫與無法再寫的日子裡，在時間差裡，有些東西是真的能夠留得住的。

而在靜默之中，我們「終於回到家了」，終於得以安放所有的脆弱。所有的「我不知道」。

謝謝編輯成書的過程中，所有善意的相遇。是您們回應了我所敲擊的每一道門，一道接著一道慎重開啟。我所領受的，真的是太過於慷慨的贈予。

原來想一一說明，但深怕一時疏忽遺漏，會在往後的日子裡，不斷地懷抱歉意。又想，自己原來便有藏存重要物事、喜愛之人的癖性。因此，請容我在日常生活裡向各位一一致謝。

四月十六日，於宜蘭

九歌文庫 1226

配音

作者　林妏霜
責任編輯　蔡佩錦
創辦人　蔡文甫
發行人　蔡澤玉
出版發行　九歌出版社有限公司
臺北市105八德路3段12巷57弄40號
電話／02-25776564・傳真／02-25789205
郵政劃撥／0112295-1
九歌文學網　www.chiuko.com.tw
印刷　晨捷印製股份有限公司
法律顧問　龍躍天律師・蕭雄淋律師・董安丹律師
初版　2016（民國105）年6月
定價　**260元**

書號　F1226
ISBN　978-986-450-060-4
（缺頁、破損或裝訂錯誤，請寄回本公司更換）

本書榮獲 文化部 MINISTRY OF CULTURE 出版贊助

國家圖書館出版品預行編目資料

配音 / 林妏霜著. -- 初版.-- 臺北市：
九歌, 民105.06
224面 ；14.8×21公分. --（九歌文庫；1226）

ISBN 978-986-450-060-4（平裝）

857.63 105006356